हिन्द पॉकेट बुक्स

अलविदा

जयन्त वाचस्पति हिन्दी के प्रख्यात लेखक और समाजसेवी हैं। आपने उपन्यास, कहानी और कविताओं के अलावा सामान्य ज्ञान पर भी कई उत्कृष्ट पुस्तकों की रचना की है। इसके अलावा बाल साहित्य के क्षेत्र में भी आपने जमकर कलम चलाई है। आपको हिन्दी साहित्य में उत्कृष्ट योगदान के लिए कई पुरस्कार भी प्राप्त हुए हैं।

अलविदा

जयन्त वाचस्पति

हिन्द पॉकेट बुक्स
पेंगुइन रैंडम हाउस इम्प्रिंट

हिन्द पॉकेट बुक्स

यूएसए। कनाडा। यूके। आयरलैंड। ऑस्ट्रेलिया। सिंगापुर
न्यू ज़ीलैंड। भारत। दक्षिण अफ्रीका। चीन

हिन्द पॉकेट बुक्स, पेंगुइन रैंडम हाउस ग्रुप ऑफ़ कम्पनीज़ का हिस्सा है,
जिसका पता global.penguinrandomhouse.com पर मिलेगा

पेंगुइन रैंडम हाउस इंडिया प्रा. लि.,
चौथी मंजिल, कैपिटल टावर -1, एम जी रोड,
गुड़गांव 122 002, हरियाणा, भारत

पेंगुइन
रैंडम हाउस
इंडिया

प्रथम हिन्दी संस्करण हिन्द पॉकेट बुक्स द्वारा 1968 में प्रकाशित
यह हिन्दी संस्करण हिन्द पॉकेट बुक्स में पेंगुइन रैंडम हाउस द्वारा 2022 में प्रकाशित

10 9 8 7 6 5 4 3 2

ISBN 9789353493677

मुद्रकः रेप्रो इंडिया लिमिटेड

www.penguin.co.in

अलविदा

उसके पीछे की सीट पर दो आदमी बैठे थे। एक ने दूसरे के कान के पास मुंह ले जाकर कहा, "पहचानते हो इसे ?"

"हां, परले महीने इसके उपन्यास का काण्ट्रेक्ट फार्म मैंने ही तो टाइप किया था, 'तिनके...बस तिनके' उसका नाम था।"

"कुछ उदास है, पैसे खत्म हो गए होंगे। इन लेखकों की भी अजीब हालत है।"

"उदास ? लगता है रो रहा है।"

"हां, रूमाल से आंखें पोंछ रहा था। पैसे तो लगता है, हैं—अभी कंडक्टर को पांच का नोट दिया था—"

"फिर किसी मर्ज़े-लाइलाज में फंसा होगा—ये लोग ज़रा अधिक दिलफेंक होते हैं, इसीसे तो ऐसा लिख सकते हैं कि आलोचकों को भी द्रवित कर देते हैं।"

"आज तो महाशय स्वयं द्रवित हो रहे हैं।" दोनों मुंह ही मुंह में हंसे।

तभी कण्डक्टर ने घंटी बजाई, "इरविन हस्पताल वाले आगे बढ़ जाएं !" उसने पुकारा। बस स्टाप पर खड़ी हुई। दोनों व्यक्ति उस युवक की ओर एक नज़र डालते हुए उतर गए। उन्हें यकीन हो गया था कि वह रो रहा था।

बस चली, ड्राइवर ने कम्प्रेशन गीयर को झटके से बदला और एक कुलांच सी मारकर लेलैंड की बस चली।

दो दिन से अशेष सो नहीं पाया था। ऐसा नहीं कि उसने सोने का प्रयत्न नहीं किया परन्तु कुछ अवसर न मिला और कुछ थकने पर भी दिमाग का स्विच

ऑफ न कर सका।

... ...

पहली रात तो वह लिखता रहा था, एक उपन्यास का अन्तिम परिच्छेद उसने लिख डाला था। करीब छः बजे सुबह पाण्डुलिपि के अन्तिम पृष्ठ पर उसने 'समाप्त' लिखकर रजिस्टर बन्द किया था। मुंह-हाथ धोकर पास के एक रेस्तरां में जाकर एक बड़ी टिकिया मक्खन के साथ डेढ़ पाप दूध पीकर अपने कमरे में लौटा था और पलंग पर लेटकर जैसे ही आंख बन्द करके सोने की जुगत करने लगा था कि अम्बिका धड़धड़ाता हुआ ा गया था, "चलो, आज तुम्हारा काम बन जाएगा, सिद्धेश्वर बाबू के घर चलना है, तुम्हारे नये उपन्यास की बात मैंने कर ली है। साढ़े सात तक वो हमारी इन्तज़ार करेंगे—आज उन्हें लखनऊ जाना है, पता नहीं कब लौटें—कब मौका मिले।"

"यार बहुत थक गया हूं—रात-भर आंख नहीं झपकी।"

"तो वो तुम्हारे कर्ज़दार नहीं जो रुके रहेंगे—देख अशेष, सिद्धेश्वर बाबू-सा प्रकाशक मिलना आसान नहीं—पता नहीं, कितने दिन मैंने हवा बांधी है तेरे उपन्यास की।"

अशेष के उपन्यास की पाण्डुलिपि सिद्धेश्वर बाबू ने ले ली थी और एक सप्ताह में लौटने पर निर्णय देने का आश्वासन दिया था।

अम्बिका अशेष को सारे दिन अपने साथ लिए घुमाता रहा था। उसने दिन-भर की छुट्टी ले रखी थी। बड़ी मुश्किल से अशेष ने उससे शाम को पीछा छुड़ाया था और अब बस से घर आया था।

घर आने पर उसे कौशल्या को पत्र मिला था। उसने लिखा था कि वह रुड़की से साढ़े ग्यारह वाली 'डीलक्स' में बैठकर तीन बजे दिल्ली पहुंचेगी।

पहले भी दो बार 'कौश' अपने आने की सूचना दे चुकी थी। पहली बार वह स्टेशन गया था, उस दिन जितनी देनें आती थीं सभी उसने देखी थीं ; वह नहीं आई थी और उसके चार दिन बाद कौश का पत्र आया था, एक छोटा-सा पोस्टकार्ड; लिखा था, "नहीं आ सकी, कुछ ऐसी ही बात हो गई—फिर लिखूंगी

विस्तार से।" नीचे हस्ताक्षर भी नहीं थे। वह विस्तार वाला पत्र नहीं आया।

पिछले सोमवार को फिर एक पोस्टकार्ड आया था, जिसमें उसने माने की सूचना दी थी, "स्टेशन आने में कृष्ट तो होगा, फिर भी आइएगा। सामान साथ है।" और जब दुबारा भी कौश न आई तो एक बार तो अशेष को इतना गुस्सा आया था कि उसने सोचा, वह पहली बस या ट्रेन से रुड़की के लिए चल दे, या घर का ताला लगा कर लखनऊ चला जाए—या लिख दे, "आप आने का कष्ट न करें, अपने सब ज़रूरी काम कीजिए, और ज़रूरी काम तो जीवन-भर ही रहेंगे।" पत्र लिखा भी, फिर फाड़ दिया।

और अब फिर एक कार्ड आया था, "आ रही हूं, मिलकर बात होगी—कृपया कहीं न जाइएगा।" उसका सारा गुस्सा दूर हो गया था, फिर भी उसने सोचा था कि कम से कम दो-एक दिन उससे नहीं बोलेगा, उसकी चालों में नहीं आएगा, या कोई बहाना करके एक दो दिन के लिए मेरठ भाई के पास चला जाएगा।

लेकिन अट्ठारह घंटे की प्रतीक्षा।

वह पलंग, वह बिस्तर; वह साटन की रज़ाई, वह मखमली तकिया और अलमारी, जिस में अब भी कौश की कुछ साड़ियां, छब्लाउज़, पेटीकोट, बौडियां आदि लटकी थीं...प्रत्येक वस्तु के साथ जैसे कौश से भी अधिक उसका कुछ सम्बन्ध था—उन कपड़ों को एक बार ट्रैक में रखते-रखते रुक गया था, उन्हें अलमारी में टंगे देखकर उसे लगता था जैसे वे सजीव थे और बक्स में उनका दम घुंट जाएगा।

अम्बिका को छोड़कर जब वह घर आया था और कौश का पत्र पढ़ा था तो उसके सम्पूर्ण अस्तित्व ने, रोम-रोम ने कौश की इच्छा की थी, इच्छा इतनी प्रबल थी कि वह घबरा गया था। और उसे लगा था कि वह उसे बरदाश्त नहीं कर सकेगा, जल्दी से फिर रेशमी कुरता गले में डालता हुआ ताला लगाकर ज़ीने से उतर गया था।

वह एक अंग्रेज़ी फिल्म-हॉल में जा घुसा था, बिना देखे कि कौन-सी फिल्म चल रही थी। जब वह अपनी सीट पर जाकर बैठा तो पाया कि फिल्म आरम्भ हो चुकी थी। फिल्म का इण्टरवल आने से पहले ही वह हाल

से बाहर आ गया था। और ऐसा अनुभव किया था, जैसे एक तन्दूर में से निकलकर आया था, भुनते-भुनते बचा था। उसका मुंह लाल था, माथे पर पसीना था। एयरकंडीशंड हाल से निकलने वाले की यह हालत कैसे हुई, कोई समझ न पाता, परन्तु आशेष अनजाने में भी ऐसी ही हालत में था। फिल्म में हीरो ने, एक नौजवान पादरी ने अपने को एक दर्जन ऐसी युवतियों से घिरा पाया था जो कामदेव के विश्वविद्यालय की स्नातिकाएं थीं—जो अपने अंगों को पादरी के अंगों से सटाए दे रही थीं, कुछ इस प्रकार कि जैसे बाढ़ में सांप-संपोले किसी पेड़ से लिपट जाना चाहते हों। और अशेष के लिए वह दृश्य उसकी उस आग में जैसे घी का काम कर गया कि जिससे बचकर वह अपने कमरे से निकल भागा था।

बारह बजे तक वह कनाटप्लेस के घास के मैदान में औंधा पड़ा रहा था और केवल एक ही बात सोच रहा था कि अगले दिन दोपहर के साढ़े तीन बजे कौश आएगी, तब तक का समय कैसे बीतेगा। और यदि अब भी वह न आई तो......

इस 'तो' का उत्तर दह स्वयं नहीं देना चाहता था। आखिर उसे अपने एक कमरे के घर में आना ही था, कपड़े उतारकर पलंग पर लेटना ही था। बार-बार उसका शरीर तपने लगता था, मस्तिष्क के सामने अनेक ऐसे चित्र बनने लगे जिन्हें वह बलपूर्वक मिटा देना चाहता था, जो उसे परेशान कर रहे थे : कौश के साथ बिताई मधु.. राकाएं, फिल्म की पैरिसी छोकरियां, पारदर्शी स्विमिंग सूट, 'हैल्थ एड एफ़ीशिएंसी' की फाइल जो उसकी दराज में पड़ी थी, खजुराहो की मूर्तियां...

अशेष ने बत्ती जलाई थी, अलमारी से स्वामी रामतीर्थ के भारणों का संग्रह निकाला और पढ़ने की कोशिश करने लगा, अक्षर धूंधले थे, शब्द अस्पष्ट थे, भाषा अव्यक्त थी, उसके कुछ पल्ले न पड़ा।

उसने पैन उठाया, कागज़ पर टिका पैन कुछ देर हाथ के संकेत की प्रतीक्षा करता रहा और जब कुछ देर बाद उसने पढ़ा कि क्या लिखा था तो पाया, "असह्य,...अवस्त्र...ओह !" पैन उसके हाथ से छूट गया—वह वैसे ही पलंग पर

फिर लुढ़क गया।

उसे प्यास लगी थी। ड्रेसिंग टेबल पर कांच की सुराही पर कांच को गिलास रखा था—पानी भरा, होंठों तक लाया था कि उसने आईने में अपने को देखा, अपने शरीर को और पानी पीते-पीते उसने सोचा, "सून्दर हूं, स्वस्थ हूं,...दो साल से व्यायाम नहीं किया परन्तु अभी भी पुट्टे वैसे ही फूलते हैं, मछलियां वैसे ही थिरकती हैं, छाती अब भी पांच इंच फुला सकता हूं।" और उसने अपने शरीर को आंख भर देखा और तभी कल्पना-चित्र बना कि यदि वह पैरिस का पादरी होता और वह कामदेव के महाविद्यालय की स्नातिकाएं...

उसका शरीर फिर तपने लगा था, उसने गिलास रखा और इस प्रकार पलंग पर जा गिरा जैसे वह पलंग नहीं, मानसरोवर झील थी कि जिसमें गोता लगाने से उसकी तपन, उसकी जलन मिटेगी। परन्तु वह कम न हुई और उसने मखमल के खूबसूरत, मुलायम, सेमल की रुई के उस तकिये को नाखुनों और दांतों से फाड़ डाला, उसकी धज्जियां उड़ा दीं कि जिसमें से ब्राह्मी आंवले के उस तेल की, कोटी के उस पाउडर की गन्ध आ रही थी जिन्हें कौशल्या उपयोग में लाया करती थी, और उसे लगा जैसे वह चीख पड़ेगा—

काश कोई ट्रेन या बस उसे उस समय मिल जाती जो उसे रुड़की ले जातो, या कोई एरोप्लेन मिलता जो उसे पैरिस ले जाता...

उसने तहमद लपेटी, ज़ीना चढ़ कर छत पर आया। पूर्व वाली मुंडेर के पास जाकर खड़ा हो गया। पूर्व की ओर से आते कुछ ठंडे इवा के झोंकों ने उसके शरीर का तापमान कम किया।

सामने एक दुमंज़िला मकान था, कोठीनुमा, जिसके दरवाज़े पर उसने पढ़ा था, "आनन्द निकुंज।" दूसरी मंज़िल की दाहिनी ओर की आखिरी खिड़की में कभी-कभी उसने एक युवती को देखा था, देखा था कि वह भी उसकी ओर आंख लगाकर देखा करती थी, एकाध बार तो उसे लगा जैसे उसने उसे नमस्ते या सलाम के ढंग का संकेत भी किया था—हो सकता है उसका भ्रम हो...

अशेष ने सिगरेट सुलगाई। तभी उसने देखा कि खिड़की में रोशनी दिखाई दी और वह युवती खिड़की से कुछ पीछे, परन्तु ठीक सामने खड़ी थी और

उसके सिगरेट पीने की नकल कर रही थी। जब भी अशेष सिगरेट होंठों से लगाता था, वह वैसे ही खाली उंगलियां होंठों से लगाती थी और सिर उठाकर, होंठ बिचकाकर घुआं निकालने का अभिनय करती थी। फिर वह ताली बजाकर बड़ी ज़ोर से हंसी।

अशेष ने एक और माचिस जलाई और उसके प्रकाश में उसने सलाम करने की अदा से माथे पर हाथ रखकर बालों पर पीछे को फेरा। अशेष ने देखा कि उसका उत्तर दिया गया परन्तु न जाने किस कारण, शायद किसीकी आहट पाकर या पुकारने से युवती जल्दी से हटी और उसने बत्ती बुझा दी।

अशेष ने पूरी माचिस जला डाली और तीन सिगरेटें जो पाकेट में थीं फूंक डालीं, परन्तु न फिर बत्ती जली और न युवती उसे दीखी।

उसे जाड़ा-सा लगने लगा था, शरीर कुछ कांप-सा गया। वह सीचे आया। तकिये के अवशेषों को चादर से झटका और बत्ती बुझा कर लेट गया।

परन्तु उसके भाग्य में नींद नहीं थी। पास के कमरे वालों का पप्पू अचानक बड़ी ज़ोर से रोने लगा था। दोनों कमरों के बीच जो दरवाज़ा था, जिसे दोनों ओर से किरायेदारों ने अपनी-अपनी ओर से बन्द करके फट्टियां ठोंक दी थीं और स्थायी रूप से बन्द करके परदे डाल दिए थे, फिर भी दोनों ओर से आवाज़ें सुनाई देती थीं और वह पप्पू जब रोता था तो कुछ ऐसे कि जैसे किसी कुत्ते ने उसका पांव या हाथ अपने जबाड़े में दबोच लिया था। कुछ देर पप्पू की मां उसे चुप कराने का प्रयत्न करती रही, फिर गुस्से से चिल्लाने लगी और साथ ही पप्पू के 'ब्हाप्पाजी' को पुकारा, और तब धमका कर और एकाध धौल उसके टूटू पर रसीद करके उसे चुप कराया गया। कुछ देर बाद—

"सो गया ?"

"दूध पी रहा है।"

"अब बोतल लगा दो।"

"बोलो मत।"

कुछ ही क्षण बाद—

"सुनो तो..."

"ज़रा देर तो चुप रहो...बस सोने ही वाला है।"

कुछ क्षण बाद फिर—

"सो गया हूं?"

"हूं।"

"सुनो ?"

"अब सो जाओ।"

"सुनो तो ?"

"हां।"

"कुछ कान में कहना है, ये पास वाला सुन लेगा।"

और कुछ देर बाद अशेष फिर पागल-सा हड़बड़ाकर, कुंडी खोलकर कमरे से निकला था, उसे खुला ही छोड़कर छत पर आ गया था और बिना कुछ बिछाए-ओढे, सितम्बर की रात के तीसरे पहर करवटें बदलता रहा था और तारे गिनने का असफल प्रयत्न करता रहा था—पांच के करीब मुर्गे बोलने लगे थे, सड़क पर जमादारिन झाड़ू लगाने लगी थी, चिड़ियों ने चहचहाना शुरू कर दिया था, किसी ट्रक का तीन सुर में बजनेवाला हूटर सुनाई दिया, नीचे की मंज़िल से कोयले की अंगीठी का धुआं छत के ऊपर आकर बल खा रहा था, पप्पू की मां बर्तन मांजती जा रही थी और गुनगुना रही थी मीरा का कोई भजन—तारे छपने लगे थे—

अशेष उठा, नीचे आया, घंटा-भर नल के नीचे बैठा रहा, सिर पर धार पड़ती रही। उठा तो उसका शरीर थरथरा रहा था और जब बदन पोंछकर, तहमद लपेटकर पलंग पर आ बैठा तो उसका शरीर गर्म होने लगा और शीघ्र ही वह समझ गया कि बुखार चढ़ रहा था, बहुत तेज़ी से, बहुत तेज़।

करीब बारह बजे तक वह ज्वर व थकान से बेहोश पलंग पर पड़ा कराहता रहा था, उसका अंग-अंग दुख रहा था, मन रो रहा था, सब कुछ सूना, फीका, बेस्वाद, खोखला-सा था—उसे लगा जैसे किसीने उसके शरीर को हमामदस्ते से कुचल डाला था।

तभी उसे कुछ आया और कलाई में बंधी घड़ी को देखा, बारह थे...कौश

के आने में सिर्फ तीन घण्टे। जैसे-तैसे उसने कपड़े पहने थे, दराज से निकालकर सरदर्द की दवा की चार टिकियां पानी के साथ निगली थीं और जब सड़क पर आया था तो उसे लगा जैसे सूर्य आसमान से उतरकर ज़मीन पर आ गया था, ठीक उसके सिर पर, और उसने रूमाल सिर पर रखकर किसी तरह रेस्तरां तक जाने का साहस किया था। मुश्किल से एक कप चाय के साथ एक बिस्कुट वह गले से उतार पाया था।

... ...

अब वह फिर तीसरी बार कौश के बिना, अकेला, लौट रहा था। घण्टी कंडक्टर ने बजाई थी, बस रुकी थी, फिर दो घण्टियां बजी थीं और बस चल दी थी। चलती बस में अपना संतुलन रखने का प्रयत्न करती एक सवारी अशेष के पास खाली सीट पर धम्म से। गिरी थी और अशेष का हाथ जो बगल में सीट पर रखा था, उसके नीचे दब गया था।

"आइ एम सॉरी।" उखड़े सांस को सम्हालती-सी, परन्तु कोमल एक आवाज़ अशेष के झनझनाते कर्णपट पर पड़ी थी। एक झटके से, कुछ झुंझलाकर अशेष ने हाथ खींच लिया था, उसकी त्यौरी चढ़ गई थी और जब उसने गरदन घुमाई...

कसी हुई कमान ढीली हो गई थी, आंखें पास बैठी युवती के मुख पर जा अटकी थीं, इतना सुन्दर मुखड़ा, शायद उसने कहीं देखा था, कहां देखा था? हां, उसके उपन्यास 'तिनके...बस तिनके' की नायिका के रूप-सौन्दर्य की जो व्याख्या उसने की थी, बिलकुल वैसा ही उसका मुख था, वैसे ही कुछ गहरे-भूरे उसके बाल थे, वैसे ही बाईं ओर को कनपटी के पास उसने मांग निकाली थी, वैसी ही भौरों-सी काली उसकी आंखें थीं, कुछ भरे-भरे होंठ, और आश्चर्य! ऊपर के होंठ पर, मुख के छोर से कुछ ऊपर एक छोटा और ठोड़ी के बीचोबीच एक बड़ा तिल था।

एक नज़र में उसने पहचान लिया कि उसके उपन्यास की कुमकुम साक्षात् उसके सामने प्रकट हुई थी तो उसे विश्वास न हुआ और वह देखता ही रह गया—तभी उसे अपनी निर्लज्ज आंखों पर झुंझला हट हुई और उसने

मुंह फेर लिया।

उसकी दृष्टि मुख से उचटकर हाथ पर गई जो सामने ही सीट के रेलिंग को पकड़े था—कि जैसे अजन्ता के किसी चित्र का हाथ था जो सजीव हो गया था, हथेली से नखों की ओर पतली होती हुई उंगलियां, कुछ बढ़े हुए पालिश-लगे नाखून, एक उंगली में चांदी का छल्ला जिसपर एक छोटी-सी तितली, रंग-बिरंगे पंखों वाली, नीलम, पन्ने, और पुखराज के कणों से बनी।

अशेष देख रहा था कि हाथ की दो उंगलियां न जाने किस मत ही मन गुनगुनाई जानेवाली धुन के साथ ताल दे रही थीं। अन देखे भी वह पास बैठी कुमकुम की प्रतिमूर्ति को देख रहा था और तभी उसने माथे पर हाथ रखकर कुछ उसी प्रकार पीछे को फेरा कि उसे लगा इस सलाम को वह पहचानता था। मुड़कर देखा तो युवती सामने देखती हुई भी मुस्करा रही थी।

अशेष पहचान गया।

X X X

कंडक्टर ने आकर टिकट पूछा, युवती ने पर्स में से निकालकर कुछ पैसे दिए और कहा, "ओडियन।" कंडक्टर ने टिकट दिया। कंडक्टर ने अशेष की ओर देखा, "हो गया ?"

"कनाट प्लेस।" कहकर अशेष ने जेब में हाथ डाला।

"आपने तो शायद टिकट ले लिया है ?"

"ओ...हां...लिया है।"

"साहब, कनाट प्लेस ईस्ट पटेलनगर से पहले आएगा, उतर जाइएगा।" मुस्कराते हुए कंडक्टर ने कहा।

"मालूम है।" कुछ झेंप मिटाते हुए अशेष ने कहा। युवती मुंह ही मुंह में मुस्कराई।

अशेष ने सामने सड़क पर देखते हुए भी देखा कि युवती ने पर्स में से एक पुस्तक निकाली, उसे खोला और पढ़ने लगी। अशेष ने चोरी से देखा, एक पृष्ठ पर कुछ पंक्तियों के नीचे लाल पेंसिल से निशान लगा था। दो शब्द पढ़ने के बाद ही यदि आप अशेष से पूछते तो वह पूरा

वाक्य आपको सुना सकता था, वाक्य क्या पूरे के पूरे पृष्ठ। वह वाक्य था, "मानस के अचेतन में छुपी हुई अतृप्ति से प्रेम का कोई सम्बन्ध नहीं—प्रेम एक आकस्मिक घटना है, जिसके लिए पहले से बनी किसी पृष्ठभूमि की आवश्यकता नहीं होती—"यह उसी के शब्द थे, उसीकी तो पुस्तक थी, उसीका तो उपन्यास था...।

युवती ने फिर कुछ पृष्ठ पलटे और एक पर रुकी, लाल पेंसिल से चिह्नित पंक्तियां उसने पढ़ीं, "कभी-कभी वास्तव में बड़ा आश्चर्य होता है जब मनुष्य के सामने कोई व्यक्ति आता है, जिसकी उसने कभी कल्पना की होती हैं, जिसे कभी उसने स्वप्न में देखा होता है...तब उसे लगता हैं उसके पूर्वजन्मों का कोई रिश्ता रहा है—कभी खोए अतीत में दोनों ने एक-दूसरे को इतने निकट से देखा है, जाना है, शायद चाहा है—तभी तो सम्पूर्ण व्यक्तित्व एक क्षण में चुम्बक से खिंचा-सा उसके प्रति अपनत्व अनुभव करने लगता है......"

अशेष ने आंख उठाकर युवती की ओर देखा, वह मुसकरा रही थी। उसने फिर कुछ पन्ने पलटे और अशेष ने पढ़ा, कुमकुम मुकेश से बोली, "अपने यौवन के पहले बसन्त में, जब प्रत्येक पुष्प जो खिलता था, हरेक तितली जो पर फड़फड़ाती थी, प्रत्येक कोयल जो कूकती थी, दिल में गुदगुदी पैदा करती थी और प्रति क्षण लगता था कि कभी भी कुछ होने वाला है, कोई आनेवाला है, कोई जो मुझे अपना लेगा, जो मेरा हो जाएगा।"

अशेष पूछना चाहता था कि उसने जो पंक्तियां लिखी थीं, उसे ही क्यों दिखा रही थी वह—परन्तु वह इतना प्रोत्साहन मिलने पर भी कैसे पूछता, तभी डकण्क्टर की आवाज़ सुनाई दी, "ओडियन, कनाटप्लेस।"

युवती उतरने को आगे की ओर चली। एक बार अशेष हिचका, फिर उठा और उतर गया। युवती चल दी, मुड़कर उसने देखा, अशेष आ रहा था। वह कनाटप्लेस के बरांडे से होती हुई सिंधिया हाउस आई और 17 नम्बर के बस स्टाप की पंक्ति में जाकर खड़ी हो गई। अशेष कुछ दूर खड़ा सिगरेट सुलगाने लगा।

दूर से आती 17 नम्बर की बस दिखाई दी। युवती ने कहा, "आपको यदि

17 में चलना है तो क्यू में आ जाइए।"

अशेष लपककर लाइन में जा खड़ा हुआ। युवती से आगे पांच और व्यक्ति थे। बस आई, छः व्यक्ति उसमें से उतरे, कंडक्टर ने एलान किया, "सिर्फ छः।"

युवती को मिलाकर छः व्यक्ति बस में चढ़ गए, अशेष भी चढ़ने लगा तो कंडक्टर ने अपनी टांग अड़ा दी, "बस।" अशेष ने युवती की ओर देखा, युवती ने कहा, "मेरे साथ हैं !" कंडक्टर ने कहा, "तो आप भी उतर जाइए।"

परन्तु तभी एक सवारी जो ड्राइवर के पास बैठी थी और शरीर स्थूल व बूढ़ा होने से धीरे-धीरे पहुंची थी, आई और उतरने लगी तो कंडक्टर ने अशेष की बांह पकड़कर ऊपर खींच लिया।

ईस्टर्न कोर्ट के स्टाप पर दो व्यक्ति एक सीट से उठे तो युवती जो पास ही खड़ी थी, उसने अशेष का हाथ पकड़कर उसे खाली सीट में धकेल-सा दिया और स्वयं पास बैठ गई।

इतना सब होने पर भी अशेष में साहस नहीं था कि कुछ बोलता, कुछ पूछता। युवती उसके पास बैठी मुस्करा रही थी, क्यों, बह समझ नहीं पा रहा था।

अचानक युवती ने पूछा, "कहां जाना है ?"

"मुझे...मुझे ? मुझे जाना है..."

"जहां मुझे जाना है। कहिए न ?"

अशेष को लगा, उसे पसीना आने लगा था। तभी कंडक्टर आया और युवती ने कहा, "दो टिकट, सफदरजंग मदरसा !" और इसने मसखरी से पूछा, "वहीं जाना है न आपको ?"

अशेष के माथे पर पसीना आ गया था।

"आपको मैंने कहीं देखा है।"

"जी, शायद।"

"आपने मुझे कहीं देखा है ?"

"जी, आप मेरे सामने......"

"आपके सामने के मकान में रहती हूं। उससे पहले भी कहीं आपको देखा है।"

"मुझे याद नहीं आता।"

"याद तो मुझे भी नहीं, लेकिन आपने मेरी तसवीर कब खेंची थी ?"

"मैंने ? नहीं तो। मेरे पास तो कैमरा भी नहीं।"

"कलम तो है।"

"जी...ओह !"

"ये कुमकुम कौन है ?"

"कुमकुम ? उपन्यास वाली ? काल्पनिक है।"

"और आपकी कल्पना का चेहरा-मोहरा बिलकुल मुझ जैसा है, वैसे ही टिमकने उसके लगे हैं।"

"टिमकने ?"

"जी, यह टिमकने," युवती ने ऊपर का होंठ और ठोडी ज़रा जिचकाकर कहा।

"जी।"

"जी क्या ? आपका मुकेश तो 'जी' बस 'जी' ही नहीं करता, वह तो वाचाल है, कुमकुम को बोलने ही नहीं देता और आप केवल 'जी' कहकर चुप हो जाते हैं।"

"जी...हां, अब 'जी' नहीं कहूंगा।"

"बिलकुल नहीं कहिएगा, मैं न 'जी' हूं और न कुमकुम, मैं 'अनु' हूं।"

"अनु ?"

"हां अनुराधा...पर आप मुझे केवल अनु कहिएगा, 'तुम' नहीं। 'तू' कहिएगा तो अच्छा लगेगा।"

"तू ?"

"जनाब।"

अनु चुप हो गई परन्तु वह बराबर मुस्करा रही थी, "मैं अपनी बहन से मिलने जा रही हूं। आप चलिएगा ?"

"बहन के घर ? क्यों ?"

"आपको कोई डर है ?"

"जी..."

"फिर वही 'जी' ?"

"तो क्या कहूं ?"

"मेरे प्रश्न के उत्तर में आप केवल एक ही बात कह सकते हैं। कि आपको डर लग रहा है कि नहीं। सचमुच बताइए।"

"कुछ-कुछ।"

"तो आप मेरा पीछा क्यों कर रहे हैं ? आप ऐसा काम क्यों करते हैं कि आपको...खैर, डरिए नहीं। मेरे जीजाजी मिलिट्री में ज़रूर हैं, लेकिन जब तक मैं नहीं कहूंगी, वह पिस्तौल नहीं निकालेंगे।"

"वह पिस्तौल रखते हैं ?"

"जी भरा हुआ, और उनके पास राइफल है, खुखरी...खुखरी तो उनका गोरखा चौकीदार रखता है।"

अशेष के माथे पर फिर पसीना आने लगा था।

"आपको डर है तो बहन के घर नहीं चलते, मदरसे की घास परही कुछ देर बैठेंगे।"

"जैसा आप चाहें।"

"आप कुछ नहीं चाहते ?"

"जी ?"

"मैं पूछती हूं, आप कुछ नहीं कहेंगे ?"

"क्या कहूं ?"

"मैं जो कहूं, वह सुनते जाइएगा ?"

"हां, आप कहिए, मैं सुनता जाऊंगा।"

"अगर आप मुझे 'आप' कहना बन्द नहीं करेंगे तो मैं अगले स्टाप पर उतर जाऊंगी। अच्छा मैं भी 'तुम' कहूंगी—ये तो ठीक है।"

"हां।"

सफदरजंग आ गया और वह उतरे।

"डरिए नहीं, मैं जीजाजी से आपकी शिकायत नहीं करूंगी—शायद घर पर

होंगे भी नहीं—वैसे भी वह दीदी के सामने भीग बिल्ली और मेरे सामने चूहे-से बन जाते हैं। वह मुझसे डरते हैं। बहिन से आपका परिचय कराना चाहती हूं। वह आपसे मिलकर बहुत खुश होगी। लेकिन मेहरबानी करके ऐसे न चलिए जैसे आप कोई चोर हैं, ऐसे कि जैसे मेरे बहुत दिन के परिचित हैं, कालिज के सहपाठी रह चुके हैं। नहीं तो दीदी समझेंगी कि आप भी कोई कनाट प्लेसी हीरो हैं जो सैंडल की ओर हाथ बढ़ते ही दुम दबाने लगते हैं।" वह खिलखिलाकर हंसी।

"कह दूंगा आप मेरे साथ कालिज में पढ़ी हैं।"

"मैं आपसे 'तुम' या 'तू' नहीं कहला सकती, इसलिए आप 'आप' ही कहिएगा। परन्तु मौसीजी या चाचीजी न कहने लगिएगा।"

ज़ोरबाग के एक बंगले में अशेष अनु के साथ गया। अनु उसे एक सोफ़े पर बैठने को कहकर अन्दर चली गई तो उसकी दृष्टि कमरे के विभिन्न सज्जा-प्रसाधनों पर पड़ी। कार्निस पर उसने कुछ ऐसा देखा कि वह उठ खड़ा हुआ और उसके पास गया।

अशेष ने देखा कि वहां क्रोमियम के दो फोटो फ्रेम रखे थे। एक में अनु एक फौजी कप्तान के साथ थी और दूसरे में दो अनु थीं—

अशेष सोचने लगा, "उसने तो कहा था कि उसकी शादी नहीं हुई, फिर फौजी के साथ उसकी फोटो कैसी ? इस दूसरे फ्रेम में अनु के ही दो चित्र क्यों ?" उसको अपने प्रश्नों का कोई उत्तर नहीं मिल रहा था। करीब दस मिनट तक वह उन चित्रों को ही देखता खड़ा रहा। पर्दा उठा; "अभी आती है।" उसने कहा और नमस्कार किया।

अशेष ने नमस्कार का उत्तर दिया, परन्तु वह आश्चर्य से देख रहा था कि कैसी अनोखी लड़की है, इतनी देर साथ रही और नमस्कार अब कर रही है।

"यह आपका फोटो है ?" अशेष ने पूछा।

"वह मुस्कराई, ऐसा ही समझिए।"

अशेष काउच पर जा बैठा, उसकी दृष्टि अब भी चित्रों पर लगी थी, "आप क्या लेंगे ? ठंडा या गरम ?" उसने सुना।

"जी, विशेष कुछ नहीं।"

"विशेष तो व्हिस्की होती है, आप पीते हैं ?"

"जी नहीं।"

"चाय लाऊं ?"

"जैसी आपकी इच्छा।"

"देखिए..." अशेष ने उसकी ओर देखा।

"आप अंडे लेते हैं ?"

"जी नहीं।"

वह लौट गई और अशेष उसे देखता ही रह गया, अभी बस में वह आई थी तो उसने हल्की नीली साड़ी और सलेटी ब्लाउज़ पहना था और अब उसने गहरे लाल रंग की साड़ी और गुलाबी ब्लाउज़ पहना था।

फिर कुछ देर कोई न आया तो वह कार्निस पास गया और उसका ध्यान एक चन्दन की संदूकची पर गया। वह बहुत सुन्दर थी और उसपर हाथीदांत की एक पाटी पर एक युवक व युवती का एक-दूसरे की पीठ से पीठ सटाए बैठे एक चित्र था। पीछे एक झील में शिकारा जा रहा था और झील के पीछे जैसे चनार के पेड़ों की एक कतार थी। उसने संदूकची को उठाने के लिए हाथ बढ़ाया ही था कि आने की आहट हुई और अब तो उसका मुंह खुला का खुला ही रह गया, आंखें फैली की फैली ही रह गईं, हल्के नीले रंग की साड़ीवाली और गहरे लाल रंग की साड़ीवाली, दोनों अनु उसके सामने खड़ी मुस्करा रही थीं। हल्के नीले रंग वाली की आंखों में कुछ अधिक शोखी थी।

अशेष का सिर घूम-सा गया।

"कहिए, अब आप क्या कहेंगे ? कुमकुम, अनुराधा और कृष्णप्रिया, किसे अपने स्वप्न में देखा था, किसकी अपने कल्पना की थी ? किससे है आपका पूर्वजन्मों का रिश्ता ?"

अशेष कुछ कह न पाया।

"खैर, सोच-समझकर बताइएगा, बैठिए तो। आपका उपन्यास पहले मैंने पढ़ा था, कुछ दिन हुए। अनु और मैं कनाटप्लेस गई थीं, एक स्टाल पर आपकी किताब मैंने देखी थी, कुछ नाम अच्छा लगा, कुछ टाइटल सुन्दर था, मैंने खरीद

ली थी। पढ़कर मुझे आश्चर्य हुआ कि आपने मेरा चित्र उसमें कितना रीयल खेंच दिया था, परन्तु जब उस टिमकने वाली बात आई तो मेरा मुगालता दूर हो गया—अपने को मैं हीरोइन समझने लगी थी—लेकिन हीरोइन के यह तिल होने चाहिए। मैंने अनु को फोन किया था और उपन्यास फौरन कहीं से भी खरीदकर पढ़ने को कहा था। अनु का टिमकना आपकी कुमकुम की गवाही देता है..."

अशेष ने देखा, लाल साड़ीवाली अनु के, या मधुप्रिया और नीली साड़ीवाली, अर्थात् अनु में उन तिलों का ही अंतर था।

"नहीं तो दीदी, जीजाजी को मुगालता हो जाता और वह तुम्हारी जगह मुझे वर्ल्ड टूर पर ले जाते और तुम गाल बजाती रह जातीं !" अनु ने कहा।

"हां, ज़रूर ले जाते तुझे, मैं तेरी चुटिया न उखाड़ लेती !"

"जाने दो, मुझे तुम्हारे मियां नहीं चाहिए। फौजियों का क्या भरोसा, न जाने कब पिस्तौल निकाल लें।"

"सच्ची बात यह है कि अगर हम दोनों एक-से कपड़े पहन लें, मेकअप भी एक-सा कर लें तो आसानी से कोई नहीं पहचान सकता—बस भगवान ने अनु के साथ पार्श्यलिटी की है और इसे यह टिमकता ऐसा दे दिया है कि यह हीरोइन बन गई है।"

"आप दोनों जुड़वां बहनें हैं ?" अशेष ने पूछा।

"हां। सच बताइए, आपने उपन्यास लिखने से पहले क्या हम दोनों में से किसीको देखा था ?"

"नहीं, केवल एक स्वप्न देखा, जिसके आधार पर मैंने कुमकुम का रूप-वर्णन किया।"

"स्वप्न में आपकी उससे कुछ बातचीत हुई थी ?

"हां।"

"क्या ?" कृष्णप्रिया ने पूछा।

अशेष चुप हो गया।

"क्या बताने की बात नहीं ?"

"जी, उसने कहा था..."

"कहिए न ?"

"उसने कहा था, 'फिर मिलूंगी' ।"

"और नहीं मिली ?"

"जी नहीं ।"

"जी नहीं कैसे, यह बैठी तो है ।"

"जी हां ।" अशेष बोला ।

दोनों खिलखिलाकर हंस पड़ीं ।

नौकरानी चाय ले आई थी ।

वह चाय पी ही रहे थे, फोन आया, कृष्णा ने बताया, "साहब ने मुझे एक डिनर के लिए बुलाया है—तू चलेगी अनु ?"

"नहीं, घर जाऊंगी।'

"आप चलिए न ? साहब को आपसे मिलकर खुशी होगी, उन्होंने भी आपकी कहानी पढ़ी है ।"

"जी मैं......"

"तो आप भी नहीं चलेंगे । वैसे कोई बात नहीं । फिर मिलिएगा । कम से कम अनु से मिलेंगे तो यह आपको ले आएगी । आप अकेले भी आ सकते हैं क्योंकि......खैर ।"

"आज मुझे कुछ लिखना है ।" अशेष ने सफाई दी ।

"डरिये नहीं, जीजी के साहब इतनी जल्दी पिस्तौल नहीं निकालते !" अनु ने हंसते हुए कहा ।

अनु उठी, अशेष भी उठा ।

"कार आनेवाली है ।" कृष्णा ने कहा, "आपको पहले छोड़ झाएगी, तब तक मैं तैयार हो जाऊंगी।"

"नहीं बस से जाऊंगी ।"

X X X

अनु और अशेष बस में बैठे तो अनु ने पूछा, "आप कहां जाएंगे ?"

"जी, मैं ?" वह सोचने लगा ।

"मेरे साथ चलिएगा ?"

"चलिए।"

"आपको मेरे साथ चलना अच्छा लगता है ?"

"हां।"

"कैसी सरलता से आप कह देते हैं 'हां'।"

अनु ने मीठी-सी झुंझलाहट से कहा, "मेरे साथ ऐसे चलना क्या उचित है ?"

"जी, नहीं तो !"

"फिर ?"

"नहीं चलूंगा।"

अनु हंसी। "आपका मुकेश आपसे ज़्यादा साहसी था। रास्ता वह दिखाता था। कुमकुम पीछे चलती थी।"

"इसीलिए शायद वह गलत रास्ते पर चला गया था।"

"आपको विश्वास है कि यदि कुमकुम राह दिखाती तो मुकेश न भटकता ?"

"हो सकता है।"

"आपसे एक बात पूछूं ?"

"पूछिए।"

"इतनी देर से आप मेरे साथ हैं, आपके मन में मेरे प्रति कोई विशेष भाव, कोई विशेष आशा मेरे प्रति जागी ? ठीक-ठीक बताइएगा।"

"यहां, बस में ?"

"तो बस से उतरकर ?"

"जी।" अगले स्टाप पर वह उतर गए और केन्द्रीय मन्त्रालय से इंडियागेट वाली सड़क के एक घास के मैदान को पार कर, एक सीमेंट की बेंच पर आ बैठे।

"अब बताइए।"

"क्या ?"

"वही, जो आप बस में कहने में हिचक रहे थे।"

"अब तो केवल अच्छा लगा—साथ चलने में सुख मिला परन्तु......?"

"परन्तु क्या ?"

"कल रात।"

"कल रात क्या ?"

"जब मैं छत पर खड़ा था तब......।"

अनु प्रतीक्षा कर रही थी।

"तब आपसे इस रूप में परिचय नहीं हुआ था, केवल कभी आपको देखां था, लगता था आप कुछ कहना चाहती थीं मुझसे।"

"यदि रात आपके संकेत पर मैं आपके पास आ जाती तो ?"

"अशेष ने सिर झुका लिया।

"आपको नींद नहीं आ रही थी ?"

"नहीं।"

"क्यों ?"

"मैं बहत उद्विग्न था।"

"आपने मुझे अपने पास आने का इशारा किया था। क्यों ?"

"मैं बहुत दुखी था।"

"अब यदि मैं आपके साथ चलूं तो ?"

"चलेंगी ?"

आप चाहते हैं तो चल सकती हूं।"

"आप नहीं चलेंगी।"

"आप कहेंगे तो ज़रूर चलूंगी। चाहते हैं ?"

"हां।"

"तो चलिए।"

"लेकिन आपका घर तो सामने है।"

"कोई देख लेगा, इसका डर है ?" अनु ने पूछा।

"हां।"

"इसकी चिंता तो मुझे होनी चाहिए।"

X X X

अनु सचमुच अशेष के साथ उसके कमरे पर गई और उसने देखा कि वहां

केवल एक खाट, एक ड्रेसिंग टेबल और एक खाना बनाने के पटरे के और कोई फर्नीचर नहीं था। वह खाट पर बैठ गई। अशेष दीवार से टिककर खड़ा हो गया।

''अब मैं आ गई हूं, कहिए।"

"चाय बनाऊं। दूध तो नहीं है, हां पाउडर है।"

"आपकी इच्छा है ?"

"अभी तो पी थी।"

"तो रहने दीजिए। अब कहिए, आप मुझे क्यों बलाना चाहते थे।"

"सच बताऊं ?"

"बिलकुल। आप यदि मुझे सच बताया करेंगे तो मेरी आपसे निभेगी।"

"बात ये है......कई दिन से मैं एकदम एकाकी अनुभव कर रहा था।..."

"आपके कोई मित्र नहीं ?"

"हैं, परन्तु......"

"तो आपके एकाकीपन का इलाज केवल स्त्री कर सकती थी। क्यों ?"

अशेष ने आंखें नीची कर लीं।

"और अब वह आपके सामने बैठी है तो आपने गूंगी हड़प लगा ली है। यह सब तूफान जो आपने उठा रखा था, दब गया, बैठ गया। जानते हैं क्यों ?"

अशेष ने आंख उठाकर अनु की ओर देखा।

"इसलिए कि आपको किसीसे निराशा हुई है, आपको निकट भविष्य में उससे मिलने की भी आशा नहीं और आप उससे इसका बदला लेना चाहते थे।"

"कुछ ऐसा ही है।"

"और आप क्योंकि आदर्शवादी हैं, इसलिए बुज़दिल भी हैं। प्रत्येक वह व्यक्ति जो बुद्धि-प्रधान होता है, आपकी तरह भीरु होता है, उसकी न्याय, धर्म, समाज व्यवस्था आदि की तुला उसके सामने आ खड़ी होती है। इसलिए जिसे आपने अपने उद्वेग का इलाज समझा था, उसके सामने आ जाने पर आपके गरम तवे पर पानी पड़ गया।

"आपने मेरा मनोविश्लेषण सर्वथा उपयुक्त किया है।"

"इसलिए वायदा कीजिए कि जब भी आप किसी मानसिक परेशानी में होंगे, मुझसे अपना एक्स-रे करा लिया करेंगे।"

"अच्छा।"

"और क्योंकि आपने मुझे अपनी चिकित्सक मान लिया है, इसलिए आपको मेहनताना भी देना होगा।"

अशेष अनु का मुंह देख रहा था।

"आप कल पहली गाड़ी से जाकर अपनी श्रीमतीजी को ले आएंगे। दूसरी बात कि आपको मेरी कुछ कहानियों का सम्पादन करना होगा।"

"आप लिखती हैं ?" आश्चर्य और एक अद्भुत आनन्द के भाव से कुछ भावुकता से अशेष ने पूछा।

"अपनी कहानियां मैं आपके पास भेज देंगी, आप स्वयं च आइएगा। आपको जब मिलना हो, बहिन के पते पर एक लोकल पोस्टकार्ड या टेलीफोन से सूचना दे दीजिएगा।"

"अच्छा।"

"अब मैं चलूं ?"

"अच्छा।" गिरी-सी आवाज़ से अशेष बोला। अनु ने उठकर उसकी ओर हाथ बढ़ाया, अशेष ने बढ़े हुए हाथ को देखा, फिर उसकी आंखों में। "क्यों ?" अनु ने पूछा।

अशेष ने बढ़े हुए हाथ को अपने दोनों हाथों से पकड़ा।

"आप बहुत भावुक हैं।" अनु ने कहा। अशेष के हाथ कांप रहे थे।

"आपने मुझे बचा लिया। गहरे गर्त में गिरने से बचा लिया।" अशेष ने बहुत धीमे, परन्तु कांपते स्वर से कहा।

"आप मुझे यूंही श्रेय दे रहे हैं।"

"नहीं, सचमुच आपने मुझे पतन के मार्ग से बचा लिया। आप यदि आज मुझे न मिलतीं तो मैं न जाने क्या कर डालता।"

"क्या, आत्मघात ?"

"नहीं, मैं एक ऐसे व्यक्ति के पास जाने का निश्चय कर चुका था, जो मुझे ऐसी जगह ले जाता, जहां से लौटने के बाद मैं सदा के लिए अपनी दृष्टि में पतित एवं चरित्रहीन बन जाता।"

अशेष का सिर झुका था और उसकी आंखों से आंसू टप-टप गिर रहे थे। अनु ने पल्ले से उसके आंसू पोंछे, "पता नहीं तुम मुझसे बड़े हो या छोटे, परन्तु मैं तुम्हें अब 'तुम' ही कहूंगी। तुम्हें जीवन में कभी भी कोई कष्ट हो तो मुझे याद करना न भूलना।"

अशेष ने सिर हिलाकर स्वीकृति दी।

"अब मैं चलती हूं। चलूं?"

"नहीं।"

"मुझे जाना चाहिए अशेष, देर हो जाएगी।"

"तो जाओ।"

"अब दुखी तो नहीं?"

"नहीं।"

"मेरी ओर देखो।"

अशेष ने देखा और अनु का हाथ उठा कर होंठों के पास लाया।

"तुम लोगों को ज़रा-सी ढील दी, आगे बढ़ने लगते हो।" अनु ने कहा, परन्तु वह मुसकरा रही थी।

अशेष ने हाथ एक बार धीरे से दबाकर छोड़ दिया।

"चलूं?"

"अच्छा।"

"कहो न, 'जाओ'।"

"जाओ। कब मिलोगी?"

"जब तुम्हें जरूरत होगी। लेकिन देखो, अकारण न बुलाना, नहीं तो भेड़ चरानेवाले की कहानी हो जाएगी!" अनु ने अपनी अदा से सलाम किया और इससे पहले कि अशेष उसकी ओर आए, वह दरवाज़े से बाहर जा चुकी थी।

पांचवें दिन अशेष को अनु से मिलने का बहाना मिल गया। मिलने की शर्त 'ज़रूरत' निकल आई थी। अशेष ने कृष्णप्रिया के टेलीफोन नम्बर को मिलाया, उधर कोई बोली :

"कैप्टेन राजन्ज़ रेज़िडेंस।"

"आप कौन हैं ?"

"जी मैं ?"

"जी। श्रीमती कृष्णप्रियाजी हैं ?"

"जी नहीं, लेकिन आप कौन हैं ?"

"जी मैं...उन्हें बुला दीजिए।"

"आप बताइए न आप कौन हैं ?"

अशेष ने उत्तर न दिया।

"मैं बताऊं आप कौन हैं ? अच्छा आप अपना नाम बताइए।"

अशेष फिर चुप रहा।

"आप वो हैं जो ज़रा-ज़रा सी बात पर रो पड़ते हैं।"

"आप ?"

"जी जनाब, मैं अनु हो। आगे से आप दीदी के यहां फोन करें तो चोर की तरह नहीं—कह दीजिए, फेमस नौवलिस्ट मिस्टर सो एण्ड सो स्पीकिंग।"

"आपसे मिलना है।"

"कोई खास बात है ?"

"हां, कुछ..."

"कहां मिलेंगे ?"

"जहां आप कहें ?"

"कहां से बोल रहे हैं ?"

"कनाटप्लेस से।"

"तो आप इण्डियागेट के पास उसी बैंच पर मिलिएगा—मैं आ रही हूं।" अनु ने फोन बंद कर दिया।

अशेष नहर के किनारे वाली उसी बैंच पर बैठा मन ही मन रिहर्सल कर रहा

था कि वह कैसे कहेगा, क्या कहेगा। घास का एक तिनका मुंह में दबाया हुआ था और धीरे-धीरे कुतर रहा था।

"भूख लगी है ?" जब पीछे से आकर अनु ने कहा तो वह चौंक गया। हड़बड़ाकर उठ खड़ा हुआ, "जी, ओह ! आप ?"

"घास के तिनके चबा रहे थे, भूख लगी है ?" अ ने फिर कहा, हंसते हुए।

"हां, सुबह से कुछ नहीं खाया।"

"तो चलो, पहले कुछ खा लो।"

"नहीं, मैंने उपवास रखा है।"

"या भूख हड़ताल की है ?"

अशेष चुप हो गया।

"क्यों ? श्रीमती से झगड़ा हो गया !"

"वह नहीं आई।"

"लेने गए थे ?"

"हां।"

"क्यों ?"

"वहां नहीं थीं। घर पर केवल एक नौकरानी और उनकी बूढ़ी चाची थी। पूछा तो पता चला कि उनके माता-पिता और छोटा भाई मरादाबाद किसी शादी में गए हैं और वह..."

"उनके साथ नहीं गईं ?"

"डौली को नाना-नानी साथ ले गए थे और डौली की मां मसूरी गई थीं।

"आजकल मसूरी का मौसम तो खूब होगा ?"

"मैं नहीं गया, सुना है मसूरी में वर्षा हो चुकी है।"

"तो अच्छा है, कुछ सेहत बना लेंगी।"

"हां, अब सेहत ही बचाएं।"

"इसमें क्या हर्ज है ?"

"मैं कब कहता हूं कोई हर्ज है।" कुछ खिन्न-से भाव से अशेष ने कहा।

"तो मुझपर क्यों गुस्से होते हो। मैंने तो उन्हें जाने को नहीं कहा।"

"मुझे किसीपर गुस्से होने का क्या अधिकार है !" अशेष बहुत दुखी था, उसने सिर झुका लिया था और उसके गले का टेंटुआ दो-एक बार ऊपर-नीचे हुआ।

"सच बताओ, क्या बात है ?"

"वह डाक्टर सहगल के साथ मसूरी के 'हैकमैन' में आराम फरमा रही हैं और यहां न खाने का ठिकाना है न कपड़ों का। सुना है कौश ने नर्सिंग का कोर्स ले लिया है। तो वह नर्स बनेंगी—मेरे साधन उसके लिए अपर्याप्त है, मेरी कमाई में काम नहीं चलता, डौली को अंग्रेज़ी स्कूल में भरती नहीं किया जा सकता, इंश्योरेंस का प्रीमियम नहीं दिया जा सकता, एकाध प्लाट या मकान किसी कौलोनी में खरीदा नहीं जा सकता, फिर मोटर का और बैरे-खानसामों का तो सवाल ही नहीं। एफ० ए० चूल्हा झोंकने और कपड़े पीटने के लिए नहीं किया जाता !"

"अगर वह अपने पैरों पर खड़ी होना चाहती हैं, तो हर्ज क्या है ?"

"कोई हर्ज नहीं—उन्हें मेरी भी क्या ज़रूरत है ?"

"तुम उनके पति हो।"

"पति क्या होता है ? वह कमाता है, घर का खर्च चलाता है, शक्तिशाली होता है इसलिए चौकीदारी और रक्षा करता है, वक्त-बेवक्त तंग करता है, खाना बनवाता है, समय पर खाना न मिलने पर झुंझलाता है, रौब जमाता है—कोई जो अपने पैरों पर खड़ी हो, इसे क्यों बर्दाश्त करे !"

"रौब कोई भी किसी को क्यों सहे ?"

"ठीक है, रौब नहीं सहना चाहिए और मैंने कभी रौब डालने का प्रयत्न भी नहीं किया—खाना जब मिला, जैसा मिला, मिला या न मिला, कपड़े मैले थे, वही पहन लिए, खुद धो लिए, पानी खुद भर लिया, पानी पीने का गिलास भी खुद मांज लिया, उनकी तबीयत खराब होने पर बर्तन भी मांजे, कपड़े भी धोए, बच्ची को भी खिलाया—क्या मेरा यही कसूर है कि मैंने कभी रौब नहीं जमाया?" अशेष बहुत दुःखी था।

"हो सकता है यदि कुछ रौब से काम लेते तो वे तुम्हारी ज़्यादा इज़्ज़त

करतीं।"

"अर्थात् यदि मुझमें मानव कम और पशु अधिक होता—डाक्टर सहगल की तरह मेरी भंवें घनी और कंटीली होती, माथा छोटा होता, नाक लम्बी होती, ठोड़ी आगे को उभरी होती और सारे शरीर पर बेतहाशा बाल होते और बोलने में चार कमरे परे सुनाई। देता, चीखने पर दीवारें कांपने लगतीं!"

अनु ने बहुत गम्भीरता से कहा, "डा० सहगल, उनका नाम तुम्हें मालूम है?"

"नहीं। बड़े नामी डाक्टर हैं। कभी कौश के बड़े भाई उसके साथ पढ़े थे। कौश से उनका पुराना परिचय है।"

"तो मैं उन्हें जानती हूं।"

"जानती हो? कैसे?"

"ऐसे कि मेरी उनसे शादी हुई थी।"

"शादी? तो तुम विवाहित हो?"

"हां, तो तुम क्या एक कुमारी से रोमांस करने की हिमाकत फरमा रहे थे?"

"अनु?" चौंककर अशेष ने कहा। अनु ने देखा अशेष बहुत दुःखी था।

"क्या बुरा मान गए?"

अशेष कुछ नहीं बोला—अनु के व्यंग्य ने उसके हृदय को ऐसी पीड़ा पहुंचाई थी कि वह जड़वत् हो गया था—

"हां, मेरा विवाह हो चुका है, उन्हीं डाक्टर सहगल के साथ, साढ़े पांच साल हुए।" अनु ने कहा।

अशेष जैसे सुन नहीं रहा था—

"सुन रहे हो?" अनु ने पूछा।

अशेष कुछ पल मौन रहा, फिर अचानक उठकर चल दिया, अनु देखती रह गई।

"अशेष।" वह उठी, अशेष चला जा रहा था।

"मुझे क्षमा कर दो।" अनु ने कहा।

अशेष रुका, नहर की ओर मुड़ा और उसके पास जाकर पांव लटकाकर बैठ गया। अनु भी पास जा बैठी और उसके हाथ पर हाथ रखकर बोली, "मैंने तुम्हारा उपहास नहीं किया—तुमने मुझपर जो विश्वास किया है मैंने उसका अनादर नहीं किया। मैं जानती हूं तुम वैसे नहीं हो। मुझे क्षमा कर दो।"

अशेष ने अपना दूसरा हाथ अनु के हाथ पर रखा।

"मैंने तुम्हें अपना मित्र माना है, केवल ! अनु, तुम मेरे लिए 'कोई भी' स्त्री नहीं हो, तुम्हारे स्पर्श में मुझे वैसा नहीं अनुभव होता जैसाकि एक पुरुष को एक स्त्री को छूकर होता है, वैसी प्रतिक्रिया भी नहीं होती—मुझे ऐसा लगता है जैसे तुम्हारा हाथ मेरा दूसरा हाथ है—न जाने कैसे अलग अस्तित्व हो गया है उसका।"

"मैं भी ऐसा अनुभव करती हूं, समझती नहीं थी, अनुभव करती थी।"

"तुम जो बात कहने जाती हो, उसे मैं पहले से अनुभव करने लगता हूं, कहता इसलिए नहीं कि तुम्हारे मुंह से सुनकर अच्छा लगता है। तुम मुझसे जो पूछती हो, उसे मैं पहले से ही कहना चाहता हूं, कहता इसलिए नहीं कि तुम पूछोगी ही। अपने मन की बात तुम्हारे मुंह से सुनकर मुझे एक अजीब आनन्द प्राप्त होता है। तुम्हारे सम्बन्ध में मैंने अब तक भी अन्य रूप में नहीं सोचा क्योंकि कल्पना में किए जाने वाले किसी भी कार्य में और साक्षात् किए जानेवाले उसी कार्य में मैं नैतिक रूप से कोई अन्तर नहीं समझता।"

"क्या मतलब ?"

"आंखें जहां नहीं जाती, कल्पना वहां जा सकती है—कल्पना से वहां जाना कि जहां पांवों को नहीं जाना चाहिए, देखना कि जिसे आंखों को नहीं देखना चाहिए, क्या उतना ही बड़ा अपराध नहीं कि जितना कि वहां जाना या, देखना है ? कई बार अनायास ही कल्पना की आंखें वहां जा पहुंचती हैं, जहां उन्हें नहीं जाना चाहिए, उसमें अपराध कम होता है, परन्तु जब आदमी जान-बूझकर वैसी कल्पना का आनन्द लेने को अभ्यस्त हो जाता है तो वह उसकी जाने-अनजाने योजना बनाने लगता है। तो मैंने ऐसे विचारों, ऐसी

कल्पनाओं को पास न आने देने का प्रयत्न किया है।"

"फिर भी वह आती हैं ?"

"आती हैं, भूख लगती है तो रोटी चाहिए, घर की रसोई की है घर में चूल्हा ठंडा हो तो होटल का ख्याल आता है। कभी आदमी चने ही पा जाने पर सन्तुष्ट हो जाना चाहता है। परन्तु दूसरे के खाने पर, दूसरे के टुकड़े पर नीयत रखने से तो आदमी अपने को रोक सकता है। फिर तुम, तुमने जिस आस्था से अपना हाथ मुझे दे दिया, क्या उसे पकड़कर मैं तुम्हें किसी अन्धेरी कोठरी में ले जाऊंगा ? नहीं अनु, मुझे तुम्हारी मैत्री चाहिए, मुझे तुम्हारा स्नेह चाहिए, तुम्हारा सन्तुलित व्यवहार-बुद्धि का संरक्षण चाहिए। तुम्हारा यह रूप मेरे मानस का श्रृंगार बने, यही चाहता हूं।"

"लेकिन, तुममें न आए, मुझमें तो कमज़ोरी आ सकती है।"

"आ सकती है, नहीं भी आ सकती। मुझमें भी आ सकती है, परन्तु न जाने क्यों, मुझे ऐसा लगता है कि जिस दिन वह कमज़ोरी आ गई, उसी दिन, उसी क्षण के पश्चात् तुम मुझसे दूर हो जाओगी, इस जन्म के लिए—मैं तुम्हें फिर नहीं मिल सकूंगा।"

"ऐसा न कहो। यह सोचकर ही मुझे डर लगता है, दिल कांप जाता है।"

"अनु ?"

"हां।"

"यदि आदमी अपने जीवन में इच्छानुसार कुछ वष कम कर सुकता तो कितना अच्छा होता।"

"फिर शायद जो अनभूति एक बार हुई, वह दो बार होती।"

"जो पहली बार हुआ, उसके अतिरिक्त भी तो कुछ हो सकता था।"

"हो भी सकता था, नहीं भी, परन्तु क्या तुम नहीं सोचते कि आज हमारे सम्बन्ध में जो शीतलता है, जो सौम्य स्निग्धता है, एक नदी में साथ-साथ बहती दो नौकाओं की सी एक निष्ठा है—क्या वह होती आज से पांच साल पहले ?"

"शायद न होती।"

"तो तुम जैसे, जब मुझे मिले हो अच्छे हो।"

"अनु।"

"हो"

"तुमने मुझे कैसी सरलता से अपना लिया है, मुझे आश्चर्य होता है।"

दोनों चुप हो गए।

"एक बात बताओगी ?"

"क्या ?"

"बता सकती हो मैं क्या पूछना चाहता हूं ?"

"तुम जानना चाहते हो कि मैं विवाह होने पर भी अकेली कैसे हूं।"

"हां।"

"मैं यह स्वयं तुम्हें बताना चाहती थी, मेरे मन पर यह बात न जाने कब से बोझ बनी हुई है—कोई ऐसा नहीं मिला जिसके सामने इस दुर्घटना का मूल कारण व्यक्त कर सकती। मानस की घुटन को दूर करने के लिए अभिव्यक्ति होनी चाहिए और आदमी दीवार के सामने खड़ा होकर नहीं कह सकता और साधारणतया लोग बात का बतंगड़ बनाकर खड़ा कर देते हैं।"

"मुझसे कहोगी।"

"क्यों न कहूंगी—तुम मुझे वैसे देख सकते हो, जैसे मेरा दर्पण देखता है, तुम मेरी तस्वीर पर अपना रंग नहीं चढ़ाओगे मेरा दिल कहता है।"

अशेष प्रतीक्षा करने लगा।

अनु ने बताया—

डाक्टर सहगल मेरे जीजाजी, कैप्टेन राजन का मित्र बन गया था, इसलिए कि वह दीदी से परिचय बढ़ाना चाहता था। सहगल खूब दरियादिली से पैसा बहाता था, अपनी कार उनके डिस्पोज़ल पर छोड़ दिया करता था। उन दिनों जीजाजी के पास कार नहीं थी। सहगल के बैरे-खानसामे जीजाजी के बंगले पर दी गई पार्टियों का इन्तज़ाम करते थे। कभी जीजाजी सहगल के घर खाते-पीते सो जाया करते थे और कभी सहगल रात

को रमी खेलता-खेलता अपने मित्र के मकान पर ही सो जाया करता था। यहां तक कि सहगल के दीदी को साथ कार में लेकर चले जाने में जीजाजी को कोई आपत्ति नहीं होती थी और जीजाजी सहगल की बहिन मंजु को सिनेमा ले जाते थे तो उसे आपत्ति नहीं होती थी। उन लोगों का सामीप्य सीमा से आगे नहीं बढ़ा था। दीदी के कपड़ों में हमेशा एक ·22 बोर का पिस्टल रहता था—जिसका पता सहगल को उस दिन लगा जिस दिन उसने सीमा का उल्लंघन करने का प्रयत्न किया।

उन्हीं दिनों मैं जीजा के पास कुछ दिन के लिए गई हुई थी, बी० ए० की परीक्षा देने के बाद गर्मियों की छुट्टी में। सहगल ने दीदी से तिरस्कृत होने पर अपना ध्यान मेरी ओर झुकाया—मैं देखने में दीदी जैसी ही थी। उनसे कमउम्र, अधिक ताज़ी और 'अन-बुक्ड'। सहगल ने अपनी भूल के लिए दीदी के सामने क्षमायाचना की और मैत्री को स्थायी रखने के लिए मुझे मांगा। दीदी को इसमें कोई आपत्ति नहीं हुई और उन्होंने माताजी और पिताजी को भी मना लिया। यह सब मुझसे बिना पूछे ही कर दिया गया।

जीजाजी और दीदी से सहगल की मैत्री, असिस्टेंट सिविल सर्जन का उसका पद, पीछे कहीं ज़मीन-जायदाद, अच्छी-खासी आमदनी और बलिष्ठ शरीर—स्त्री को और क्या चाहिए, यही मुझे सबने सुझाया। सहगल के मुख पर जो क्रूरता-सी मुझे दीखती थी, उसे सबने पौरुष कहा और मैं जिस सौम्य-शान्त जीवन-साथी की कल्पना किया करती थी, कि जिसके साथ घंटों बैठकर मैं मन की कह सकूं, सुन सकूं, किसी काव्य के प्रेमी-प्रेमिका की भांति वह बिखर गई और एक दिन मुझे पता चला कि शाम को डाक्टर सहगल मुझसे इंटरव्यू करना चाहते हैं, कहीं एकान्त में।

यह सब मुझे अच्छा न लगा, फिर भी मना न कर पाई। दीदी और जीजाजी, यहां तक कि घर के नौकर तक उस समय घर पर नहीं थे। मैं बैठक में बैठी थी, एक पुस्तक पढ़ने का प्रयत्न कर रही थी कि सहगल अन्दर आया और उसने पहला काम किया कि बैठक का दरवाज़ा बन्द कर दिया, खिड़कियां भेड़ दीं और तब वह कमर पर हाथ रखकर मेरे सामने ऐसे आ

खड़ा हुआ और जेब में से रूमाल निकालकर उसने इस प्रकार हाथ पोंछे कि जैसे वह आपरेशन थियेटर में किसी आपरेशन से पहले मरीज़ की मेज़ के सामने खड़ा होकर सोच रहा हो कि इसे क्लोरोफार्म सुंघाना ठीक होगा कि नहीं।

मेरी आंखें किताब पर लगी थीं।

"वैल !" उसने कहा।

"ऊपर देखिए, मेरी तरफ देखिए, आपको मेरी वाइफ बनना है।"

उसके कहने का तरीका मुझे पसन्द नहीं आया। मैं वैसी ही बैठी रही।

"तो आप नहीं बोलेंगी ? सुनिए, मैं आपसे कुछ सवालात पूछना चाहता हूं, जिनपर मेरी और आपकी ज़िंदगी का दारोमदार है।"

"पूछिए।"

"आपने अब तक किसी और पुरुष को लव किया है ?"

मैंने उत्तर न दिया, यह प्रश्न मुझे इतना अनुचित लगा कि मैं कहने को हुई, "शट्अप !"

परन्तु फिर सोचकर मैंने कहा, "आप जो सवाल मुझसे कर रहे हैं, पहले उसका उत्तर आप भी देते जाइए—फिर मुझसे पूछिए।"

"आप काफी समझदार हैं। मैं ऐसी बीवी पसन्द करूंगा जो एलर्ट हो। देखिए, मैं बहुत साफ कहने का शादी हूं। शादी के बाद मैं कोई स्कैंडल नहीं चाहता। अगर आपको कोई और आदमी पसन्द है तो मैं क्विट कर जाऊंगा। मैं अपने घर का मालिक बनना पसंद करता हूं। मुझे लोग 'ही मैन' कहते हैं। ज़रा छाती फुलाकर उसने कहा। मैं उसके दम्भपूर्ण दावे को सुन रही थी और मेरा हृदय उसके प्रति विद्रोहित हो रहा था, परन्तु दीदी, जीजाजी और मातापिता का विचार करके मैं मौन रही।

"मुझसे मेरी बीवी को फुल सेटिस्फेक्शन मिलेगा। मुझे आप पसन्द है।" और उसके बाद वह कुछ देर बीवी की वफादारी, पाक दामनी, विवाह से पहले उसके अक्षत कौमार्य और बाद में एकपतिव्रत आदि पर बोलता रहा और अन्त में जब उसने कहा कि अंतिम निर्णय देने से पहले वह चाहता

था कि मेरा मेडिकल एक्ज़ामिनेशन करा लिया जाए तो मुझसे बर्दाश्त न हुआ और मैं उठकर खड़ी हो। गई, शायद क्रोध से मेरा सारा शरीर कांप रहा था। वह कुछ घबराया, फिर ऐसी स्थिति के अभ्यस्त लोगों की भांति वह एक निर्लज्ज हंसी हंसा और बोला, "तुम्हारे गुस्से से तुम्हारी सच्चाई ज़ाहिर होती है, यही मैं जानना चाहता था। मुझे यकीन हो गया कि तुम मेरे लायक हो।" वह एक कदम आगे बढ़ाकर अपना हाथ मेरी बांह पर रखना चाहता था कि मैं एक ओर हट गई। वह फिर हंसा, "कोई बात नहीं। रिज़र्व इट फॉर हनीमून।"

जब वह चला गया तो मैं ऐसे कौच पर गिर पड़ी जैसेकि किसी हिंसक पशु के हमले से बचकर मैं निकली थी।

"फिर भी तुमने उससे विवाह किया ?"

"हां।" अनु ने बताया—

मेरा जी किया मैं कहीं भाग जाऊं। वह व्यक्ति मुझे उस थोड़ी देर के सामीप्य से केवल अरुचिपूर्ण ही नहीं, घृणास्पद भी लगा। जब वह मेरे सामने खड़ा था तो मुझे लगा जैसे उसके सारे शरीर स, प्रत्येक सास से, मुझपर पड़ती प्रत्येक दृष्टि से कामुकता को बू आ रही थी जो मुझे झुलस रही थी।

दीदी को जब मैंने उस इंटरव्यू का ब्योरा सुनाया तो वह हंसी, मेरा मज़ाक ही उड़ाया और कहा, "सहगल देश के कुछ नामी सर्जनों में से एक है और उसका भविष्य बहुत उज्ज्वल है। उसकी पत्नी बनकर तुम सुखी रहोगी। वह एक बलवान आदमी है, बलवान आदमी कुछ अक्खड़ होते हैं लेकिन ऐसे लोग औरतों के गुलाम हो जाते हैं। इसलिए अनु, यह सब भावुकता की बातें छोड़।"

और तब एक दिन आया जब कि एक रात मुझे एक शानदार, फूलों से सजी ब्यूक में सहगल को पत्नी की तरह उसकी कोठी पर ले जाया गया।

अशेष के हाथ पर अनु का हाथ रखा था। अनु के हाथ में पसीनर आ रहा था। अशेष ने अपने कुरते से उसका हाथ पोंछा अनु ने उसकी ओर देखा—

"उस रात की कल्पना-मात्र से मेरा रोयां-रोयां कांपने लगता है और एकाध बार जब स्वप्न में वह दृश्य मेरे सामने आया तो मैं चीख पड़ी थी—इतनी ज़ोर से कि नीचे की मंज़िल में मेरी चीख सुनकर मम्मी दौड़ी आई थी।

" सुनना चाहोगे ?" अनु ने कहा, " जाने दो—इतना ही काफी है कि भगवान करे वैसी अनुभूति किसी भी स्त्री को न हो।"

"मत कहो।"

"यदि केवल दो दिन वह और संयम करता तो शायद मैं उसे स्वीकार कर लेती और उसके सहवास की अभ्यस्त भी हो जाती। स्त्रियां पशुवृत्तिवाले पुरुषों को जीवन-भर बर्दाश्त करती हैं—शायद मैं भी कर लेती—परन्तु....अगले दिन मैं अकेली घर चली आई थी—फिर नहीं लौटी।"

अनु के सारे शरीर से जैसे पसीना छूट रहा था, कभी ठंडा, कभी गर्म...उसने बात बदली—

"उठो, तुम्हें भूख लगी होगी, तुमने सुबह से कुछ नहीं खाया। चलो, मेरे घर चलो, आज मैं तुम्हें अपने हाथ से बनाकर खाना खिलाऊंगी।"

"तुम्हारे घर ?"

"हां, मैंने मम्मी से कह दिया है कि मुझे कहानी लिखना सिखाने के लिए एक मास्टरजी आया करेंगे—तो आज अपने मास्टरजी से उनका परिचय भी हो जाएगा।"

"वह क्या सोचेंगी ?"

"कुछ नहीं सोचेंगी, तुम्हारा उपन्यास मैंने उन्हें कहीं-कहीं से सुनाया था, वह तुम्हें पहचानती हैं, सामने ही तो रहते हो, आते-जाते देखा होगा। फिर तुम्हारे जैसे आदमी सामान्य से कुछ भिन्न तो होते ही हैं। थैले में एक दफ्तर का बोझ, जेब में कुछ पैसे, फाउण्टेनपेन में स्याही, लेकिन पेट खाली। मोटरों से आप इसलिए बच जाते हैं कि नीचे आ जाने से ड्राइवर को लाइसेंस छिन जाने का डर होता है, वर्ना आप लोग ऐसी समाधि की अवस्था में रहते हैं कि फायर ब्रिगेड का इंजन भी आ जाए तो पता न

लगे—किसी कविता के तुक मिलाते-मिलाते......या हीरोइन को विलेन के चंगुल से छुड़ाते..."

अशेष ने अनु की ओर देखा, मुस्कराया, "तुमने ठीक कहा। स्थिति तो ऐसी ही रहती है।"

"इस समय क्या सोच रहे थे ?"

"सोच रहा था कि यदि सहगल के स्थान पर मैं होता तो क्या पूछता ?"

"मैं बताऊं ? तुम कुछ नहीं पूछते, चुपचाप आकर मेरे पास बैठ जाते और जो किताब मैं पढ़ रही थी, उसे पढ़ने लगते और शायद मुझे ही बात शुरू करनी होती और तुम 'जी हां', 'जी नहीं' में टूटे-फूटे शब्द कहते और चले जाते।"

"और तुम सोचती कि कैसे बुद्धू हैं ?"

"नहीं, सोचती कि कुछ देर और बैठता तो कितना अच्छा था।"

"तो अब क्यों उठ गईं ?"

"तुम्हें भूख जो लगी है।"

"नहीं लगी।"

"लगी है।"

"सच मानो, नहीं लगी।" अशेष ने कहा परन्तु तभी उसके पेट में जो गड़गड़ाहट-सी हुई उसे अनु ने भी सुना।

"खैर अब उस इण्टरव्यू की स्टेज से हम दोनों आगे निकल चुके हैं।" धीरे से अशेष के हाथ को छूकर अनु ने कहा, "उस आदमी को देख रहे हो, नीली कमीज़ वाला, वह न जाने कब से आसपास मंडरा रहा है और हमारी बातें सुनने का प्रयत्न कर रहा है।"

"उसके लिए हमारा यहां बैठना रोमांस है।"

"हां, रोमांस !" वह चले जा रहे थे, अनु बोली, "रोमांस की परिभाषा क्या है ?"

"डिक्शनरी की बात तो मैं नहीं करता, मुझे कुछ ऐसा लगता है कि जिन दो व्यक्तियों में रोमांस होता है, वह उसे दुनिया से छुपाते हैं, उसे केवल

अपना व्यक्तिगत रहस्य मानकर छुपाते हैं। जब तक वह छुपा रहता है, रोमांस है और जब खुल जाता है तो प्रेम बन जाता है। चाहे वह विवाह के रूप में खुले या राज़ जाहिर हो जाने की शक्ल में। राज़ ही तो रोमांस है।"

अनु सोचती रह गई।

"रोमांस करनेवालों के लिए दो शब्द मुझे सूझते हैं, एक है रोमांसर और एक रोमांसी।"

"रोमांसर और रोमांसी ? नये प्रयोग हैं।"

"इसे अपनी भाषा में कहूं तो रोमांसर कौतुकर है और रोमांसी कौतुकी।"

"कौतुकर और कौतुकी ? यह कौन-से शब्दकोष से लाए हो ?"

"जब तक एक-दूसरे को पूरी तरह नहीं जाना, नहीं देखा, नहीं पहचाना, नहीं परखा, तब तक कौतुक बना रहता है। इस कौतुक के नष्ट होने पर रोमांस समाप्त हो जाता है।"

"अब अंधेरा होने लगा। चलो। अगर तुम्हारे पेट से ऐसी खतरनाक भूकंप की सी आवाज़ फिर आई तो मुझे सचमुच इस लान की घास ही उखाड़कर तुम्हें खिलानी होगी, इसलिए चलो, वो आ रही है बस।"

वह दोनों बस में बैठे और अनु उसे अपने घर ले गई। अपनी मम्मी से उसका परिचय कराया, मम्मी ने उसके उपन्यास के सुने हुए कुछ अंशों की प्रशंसा की और प्रार्थना की कि वह अनु को कहानियां लिखना सिखाए और अनु उसे अपने कमरे में ले गई और उसके सामने एक बाक्स-फाइल लाकर रखी, "इन्हें एक नज़र देखो, मैं फौरन से पेश्तर तुम्हारे ज्वालामुखी की गड़गड़ाहट बन्द करने की व्यवस्था करती हूं।"

अशेष खिड़की के पास कुर्सी खींचकर बैठ गया और कहानियां पढ़ने लगा।

दो टोस्ट मक्खन-लगे, मुरब्बे का एक सेब, कुछ बिस्कुट, तले काजू और बादाम और कुछ और चटर-मटर से भरी ट्रे लाकर अनु ने सामने रख दी, "अपने हाथ के फुलके और लौकी के कबाब कल खिलाऊंगी। मम्मी

को मैंने कह दिया है कि आपकी मास्टरनीजी मैके गई हैं। उन्होंने कहा है कि आप दोनों समय यही खाएंगे। सुबह चाहेंगे तो आपके कमरे पर थाली चली जाएगी। शाम को 6 से 7 तक ट्यूशन पर आना होगा।"

पेट भर अशेष ने खाया, अनु ने सामने बैठकर मुंह चलाया और एक कप कॉफी पी—जब वह चलने लगा तो अनु ने कमरे के दरवाज़े की आड़ में ले जाकर उसके हाथ में सौ रुपये का एक नोट रखा, "प्लीज़।"

"नहीं।"

"ना न कहो, मुझे दुख होगा।"

"अन् !"

"इसे रखो—तुम्हें चाहिए, मुझे पता है, मना करने से काम नहीं चलेगा। अब जाओ।"

"जाऊं ?"

"सीधे घर जाकर सो जाना—सुबह पांच बजे अपनी छत से गुडमार्निंग कहना—लेकिन बिना हाथ हिलाए।"

"अच्छा।"

और अशेष अन के फाटक से निकलकर जब अपने मकान की ओर जा रहा था तो सीटी बजा रहा था।

ज़ीना चढ़कर अशष अपने कमरे के सामने आया तो उसने देखा, अंदर बत्ती जल रही थी, दरवाज़ा खुला था—कौश पलंग पर लेटी थी—पलंग के पायंते उसके उतारे कपड़े पड़े थे—एक धारीदार कुरता और पाजामा उसने पहना था—एक बैग था एयर-इण्डिया का—बस

अशेष के अंदर आने पर भी वह उठकर नहीं बैठी, वैसे ही लेटी। रही, सिर के नीचे बांहें रखे—

"कब आई ?" अशेष ने पूछा—

"अभी कोई आध घंटा हुआ।"

"किस बस से ?"

"बस से नहीं कार से। डाक्टर सहगल आ रहे थे, उनके साथ चली आई। तकिया कहां गया ?"

"फट गया।"

"किसीसे कुश्ती हुई थी ?" जब कौश ने कहा तो अशेष समझ गया कि कौश किस मूड में थी। उसने उत्तर न दिया, दरवाज़ा भेड़ा, कमीज़ उतारी और तहमद लेकर कमरे से लगे गुसलखाने में चला गया। नहाकर लौटा तब भी उसने पाया कि कौश उसी प्रकार लेटी थी। तौलिया कंधे पर रखकर वह बाल काढ़ने लगा।

"डौली को नहीं लाईं ?"

"उसे एक नर्सरी स्कूल में भरती कर दिया है।"

"और तुमने नर्सिंग का कोर्स ले लिया है ?"

"आज तो बड़े बढ़-बढ़कर बातें कर रहे हो। बात क्या है ?"

"बात कुछ नहीं। अपने दिल से पूछो।"

"मेरे दिल को क्या हुआ है ? तुम बताओ—डेढ़ महीने में ही नई दुनिया बसने लगी।"

"दुनिया तो कहीं भी बस सकती है, मसूरी में भी, दिल्ली में भी। शिकायत किस बात की है !"

"तुम मुझपर झूठी तोहमत लगा रहे हो !" कौश उठकर बैठ गई, उसका मुख कठोर हो गया था।

"और तुमने क्या किया। यह दुनिया बसाने का ताना जो दिया, उसका क्या अर्थ है?"

"मैं लड़ने नहीं आई हूं। केवल कहने आई हूं कि या तो तुम भी मेरे साथ रुड़की रहो, तीन महीने का कोर्स है, या तीन महीने कैसे भी गुज़ार लो। मुझे तो वहीं रहना होगा।"

"मैं यहीं रहूंगा—तुम्हें इस कोर्स के चक्कर में नहीं पड़ना चाहिए और डौली को लेकर यहीं आ जाना चाहिए।"

"और भूखे मरना चाहिए, डौली को इस छोटी-सी उम्र में अभावों में रखना चाहिए। मैंने फैसला कर लिया है कि मुझे कमाना पड़ेगा, तुम्हारी कलम-घिसाई से काम नहीं चल सकता।"

"भूखे तो पहले भी नहीं रहे—और अब व्यवस्था पहले से कहीं अच्छी रहेगी। तुम यहीं आ जाओ।"

"खेर सोच लिया जाएगा। यही सोचने को तो सारी रात पड़ी है।"

"क्यों सुबह क्या होगा ?"

"डाक्टर सहगल सुबह लौट रहे हैं—नौ बजे मुझे लौटना है।"

अशेष सोचता रह गया। वह बालों में कंघा किए जा रहा था, किए जा रहा था। कौश हंसी, "बस रहने दो—कढ़ गए बाल। मैं बहुत थकी हैं। बत्ती बंद कर दो, आंखों को अच्छी नहीं लग रही।"

अशेष ने कील से उतारकर बुशशर्ट में बांहें डालीं, बत्ती बंद की और चपली पांव में डालकर ज़ीना उतर गया। वह चायघर में जा बैठा, उसने एक चाय मंगाई, सिगरेट सुलगाई और कोने की एक मेज़ पर बैठकर सोचने लगा।

"इतने दिन बाद उसका आना, इस प्रकार, और अगले दिन चले जाना—उसे मेरी कठिनाइयों का बिलकुल अहसास नहीं, मेरी भावताओं की बिलकुल परवाह नहीं। इतना जो मैंने उसे प्यार दिया, इतना जो मैंने उसे मान दिया, कभी उसकी किसी इच्छा को टाला नहीं, कभी उसकी इच्छा के बिना उससे कुछ लिया नहीं, सदा उसकी आंखों के इशारे से उसकी इच्छाओं को जानने का प्रयत्न किया, क्या उस सबका यह प्रतिकार है ?"

ऐसे ही वह करीब एक घंटे तक उधेड़-बुन करता रहा और आखिर उसने देखा कि चायघर में कोई नहीं था, दुकानदार ने अपना काउण्टर समेट लिया था, लड़का उसके सामने रखी आधी प्याली ठंडी चाय के बरतन ले गया था। वह उठा।

सिगरेट पीता हुआ कुछ देर सड़क पर घूमता रहा। उसके कमरे में बत्ती जल रही थी, अनु के कमरे की बुझी थी। उसे थकान-सी अनुभव होने लगी, वह लौटा। ज़ीना चढ़कर वह ऊपर आया, कमरे में आकर उसने कांच की

सुराही से एक गिलास पानी पीया—कौश आंख बंद किए लेटी थी, सोने का अभिनय कर रही थी, परन्तु सोई नहीं थी, अशेष ने उसकी सांस वह चलने से ही समझ लिया था—सोई हुई कौश की सांस वह कितनी अच्छी तरह पहचानता था—घंटों उसे उसने सुना था, कभी नींद से उसे जगाया नहीं था—जिस करवट लेटा होता था, घंटों नींद न आने पर भी उसी करवट लेटा रहता था कि कहीं जाग न जाए।

अब वह फिर बाहर को चलने को हुआ तो कौश ने जागने का अभिनय करते हुए कहा, "पानी, प्यास लगी है।"

अशेष कहने को हुआ, "अपने-आप ले लो।"परन्तु आज तक यह उसने कभी नहीं कहा था, कोश बदल गई हो, वह तो नहीं बदला। उसने गिलास में पानी डालकर दिया। कौश ने गिलास लिया। दो घूंट पीया और गिलास देकर बोली, "बिजली बुझा दो।"

अशेष ने बत्ती बुझाई और ज़ाना चढ़कर छत पर चला आया। फर्श पर लेट गया था और तारों को अपने-अपने स्थान पर टिमटिमाता देख रहा था।

कुछ देर में कौश आई, उसका हाथ पकड़कर बोली, "सर्दी लगा जाएगी, नीचे चलो।"

"नहीं, मैं ठीक हूं।"

"नहीं, चलो।" जब दुबारा उसने कहा तो अशेष हठ न कर सका। वह कभी भी हठ न कर सका था।

"मुझसे बहुत नाराज़ हो ?"

"नाराज़ ? नहीं, केवल सोच रहा हूं कि ऐसा मैंने क्या किया है, जिसकी मुझे सज़ा मिल रही है।"

"अब ऐसी बातें न करो। मैं लड़ने नहीं आई, तुम मुझसे लड़ भी न सकोगे।" और कौश ने उसके गले में बांहें डाल दीं।

करीब एक घण्टे बाद अशेष ने पायंते से कम्बल उठाकर ज़मीन पर बिछा लिया था और उसीपर लेटकर उसने रात गुज़ार दी थी। न कौश ने उसे बुलाया, न कुछ कहा। और वह कम्बल पर पड़ा, बुशशर्ट का बंडल सिर के नीचे रखे

सोचता रहा था, सोचता रहा था...कौश क्यों आई? क्यों आई ?

वह बहुत प्रयत्न करने पर भी उसका प्यार न जगा पाई थी। विवाह के बाद से पहली बार, और वह जिस क्षण के आने की इतनी अधीरता से, डेढ़ महीने से प्रतीक्षा करता रहा था, जब वह आया तो उसे लगा कौश केवल मस्तिष्क से उसे जगाने का प्रयत्न कर रही थी, उसके पीछे आत्मा नहीं थी। यह सब उसे अच्छा न लगा।

साढ़े आठ बजे के करीब नीचे मोटर का हार्न बजा था, साहब के अर्दली छोकरे ने आकर सूचना दी थी, "मोटर आ गई।"

चलते समय कौश ने एक बार पूछा, "जाऊं ?"

"तुम जानो।"

"तुम कहो तो न जाऊं।"

"तुम्हारा घर है, मुझसे पूछने की क्या बात है। मैंने तो तुम्हें बुलाया ही था, आग्रह-भरे पत्रों का बंडल तुम्हारे पास होगा, अपने प्रश्न का उत्तर उनसे पूछ लो—मेरे पत्रों का उत्तर जितना तुम्हारे पोस्ट कार्डों से मिला, उससे अधिक उत्तर की मुझसे आशा क्यों करती हो?"

"फिर पछताओगे तो नहीं ?"

"तुम डौली को लेकर आ जाओ—मैं अपनी छोटी-सी दुनिया को बिखरा हुआ नहीं देख सकता।"

"मुझे कोर्स पूरा कर लेने दो, फिर तो आना ही है।"

"सविस रुड़की में भी लग सकती है, मसूरी में भी...इन बातों में क्या रखा है कौश, यदि मेरी बात तुमने नहीं माननी तो पूछने का क्या लाभ।"

"यही तुम्हारा फैसला है ?"

"फैसला तुम्हारा है, मेरी तरफ से तो कभी भी अप्रोगी, घर तुम्हारा है।"

नीचे ज़ोर का हार्न बज रहा था। अर्दली बैग ले जा चुका था।

कौश बोली, "तो जाऊं ?"

अशेष चुप रहा।

"तो ठीक है।" कह वह चली गई। अशष पलंग पर आ बैठा, छर लेट गया और बिस्तर में मुंह देकर रो दिया।

कौश को लेने जब डा० सहगल आया था तो उसने अपनी कार आनन्द निकुंज के सामने खड़ी की थी और वर्दीधारी अर्दली को कौश को बुलाने भेजकर स्वयं अनु की कोठी में चला गया था।

उसे बैठक में बैठाया गया और अनु की मम्मी आई। सहगल ने पांव छूने का प्रदर्शन किया, "आपकी सेहत ठीक है ?"

"भगवान की दया है।"

"डैडी कहां हैं ?"

"कलकत्ते गए हैं।"

"अनुराधा हैं ?"

"हैं।"

"बुला सकेंगी ?"

"पूछती हूं।"

कुछ देर में अनु आई। उसने सहगल को अन्दर आते देख लिया था। उसे पता था कि वह उससे बात करने आया था। एक बार तो उसका जी किया मना कर दे, परन्तु फिर उसने निश्चय किया कि उसे अंतिम बार मिल कर बात एक किनारे लगा देनी चाहिए।

अनु को देखकर सहगल ने कहा, "गुडमार्निंग। मज़े में हो ?"

"जी।"

"यह नाराज़गी कब तक चलेगी ?"

अनु चुप हो गई।

"बात को बहुत दूर खींचा जा चुका—अब इसे खत्म कर देना चाहिए।"

"मैं भी यही चाहती हूं।"

"तो तैयार हो जाओ।"

"नहीं।"

"मैं तुम्हारा हस्बैंड हूं, तुम्हें चलना होगा।"

"मैं नहीं जाऊंगी, आपको अंतिम बार जान लेना चाहिए।"

"तो मुझे अदालत में जाना होगा।"

"मैं भी चाहती हैं, आप जाएं।"

"मैं जानता था तुम यही कहोगी, लेकिन समझ लो, मैं तुम्हें डाइवोर्स नहीं दूंगा।"

"मुझे उसकी कोई चिन्ता नहीं। मेहरबानी करके आप मुझसे मिलने की फिर कोशिश न करें, यही मुझे कहना है।"

"मुझे बहुत कुछ पता चला है, जिसके पब्लिक में एक्स्पोज़ होने पर तुम्हें और तुम्हारे घरवालों को अफसोस होगा।"

"उसकी आप चिन्ता न करें। मुझे सन्तोष है कि मैं औरों की ज़िन्दगी से खेल नहीं करती।"

"तो तुम्हारा मतलब है मैं करता हूं ?" सहगल भयानक-सी हंसी हंसा, "देखो अनु, तुम्हें मेरी शराफत की दाद देनी चाहिए कि मैंने आज तक फोर्स इस्तेमाल नहीं की, वर्ना मैं तुम्हें कानून की मदद से पा सकता था।"

"मैं भी कानून को समझती हूं और आप अपनी शक्ति को कैसे उपयोग में ला सकते हैं, यह मैं जानती हैं।"

"उन बातों को दोहराने से कोई फायदा नहीं, मैं तुम्हें एक चांस और देना चाहता हूं।"

"आप मुझ पर दया कीजिए।"

"तुम मुझे लिखकर दो कि तुम नहीं चलोगी।"

"आप मझे लिखकर दे दीजिए कि आपसे मेरा कोई रिश्ता नहीं—मैं आपको लिख दूंगी।"

"एक शर्त पर।"

अनु चुप हो गई।

"शर्त यह है कि तुम यह कबूल कर लो कि तुम्हारा इस नौवलिस्ट फैलो से रिलेशन है।"

अनु का मुख क्रोध से लाल हो गया, "आपने जो कहा है, उससे आपकी जिस मनोवृत्ति का परिचय मिलता है, वह बहुत हीन है, उसका मैं कोई उत्तर नहीं देना चाहती। आप कृपया यहां से चले जाइए। आपको मेरा और एक प्रतिष्ठित व्यक्ति का अपमान करने का कोई अधिकार नहीं और साथ ही एक बाल-बच्चे वाली महिला के जीवन से खेलने का भी।"

"इसके लिए भी ज़िम्मेदार तुम हो। अगर तुम चलो तो मैं वायदा करता हूं किसी और से बात भी नहीं करूंगा। अगर तुम्हें अपने उपन्यासकार मित्र का इतना खयाल है तो चलो मेरे साथ, मैं उसकी औरत को यहीं छोड़ जाऊंगा।"

अनु सोचती रह गई। क्या उसके जाने से कौश सहगल के चंगुल से छूट जाएगी, क्या उससे अशेष का जीवन सुखी बन सकेगा ? वह सोच रही थी—

तभी सहगल के अर्दली ने खबर दी, "नर्से आ गई हैं डाक्टर।"

"तुम चलो।" सहगल ने अर्दली को भेजा और अनु से पूछा, "बोलो मंज़र है ? अगर तुम चलो तो मैं वायदा करता हूं कि कौशल्या को अपने साथ नहीं ले जाऊंगा और कभी उससे नहीं मिलूंगा।"

अनु दुविधा में पड़ गई—तभी उसने देखा कि कौशल्या आई और उसने कहा, "चलो न डाक्टर, ग्यारह बजे तो आपको आप रेशन करना है—" गरदन एक ओर को झुकाकर, एक व्यंग्यात्मक मुसकान से, तिरछी नज़र से देखते हुए उसने कहा, "मैं देखना चाहती थी कि इण्डिया गेट वाली हीरोइन कैसी है—"

अनु ने रोष से कौश की ओर देखा। अब वह डाक्टर के पास जा खड़ी हुई थी और उसकी बांह पकड़कर अनु की ओर ऐसे देख रही थी, जैसे उसे अपने प्रभाव का परिचय दे रही थी।

"बोलो चलती हो ?" सहगल ने फिर पूछा।

"तुम चलो डाक्टर, किस चक्कर में पड़े हो।" कौश ने कहा।

"यू शट्-अप ! तुम बाहर चलो, मैं आता हूं।' डाक्टर ने कौशल्या को डांट दिया, वह सहमी-सी बाहर चली गई।

कौशल्या की निर्लज्जता, उसके व्यवहार व मुद्राओं की उच्छृंखलता तथा डाक्टर के दुर्व्यवहार ने अनु के मन में उठी सद्भावनाओं को दबा दिया, "नहीं, मैं नहीं जाऊंगी। आप समझ लीजिए कि आपके पत्नी नहीं है। आप किसीसे भी विवाह कर सकते हैं, मुझे कोई आपत्ति नहीं होगी।" कहकर बिना उत्तर की प्रतीक्षा किए अनु कमरे से चली गई थी।

"औल राइट, आइ विल सी यू।" धमकी देकर, एक बार पांव पटककर

सहगल चला गया था।

कौश कार के पास खड़ी थी, बहुत उदास; सहगल ने अनु के सामने उसका अपमान किया था। इतने दिन के परिचय में पहली बार उससे इतना रूखा व्यवहार किया था। सहगल आया और कौशल्या की ओर बिना देख, आगे स्टीयरिंग पर जा बैठा और गाड़ी स्टार्ट करके बोला, "बैठो।"

कौशल्या का मन विद्रोह कर रहा था। उसने सोचा कि उसके पति ने कभी भी उससे ऐसा व्यवहार नहीं किया था—इससे तो वही अच्छा है, परन्तु दूसरी ओर की खिड़की खोलकर सहगल ने हाथ बढ़ाकर कौश की बांह पकड़ी और उसे घसीट लिया, "डार्लिंग, बुरा मान गईं? मैं ज़रा उसका दिल टोहना चाहता था।" और गाड़ी स्टार्ट हो गई।

... ...

करीब बीस ही दिन हुए थे कौशल्या को अपने मायके आए। बड़ा भाई रोशन एक दिन अचानक बहुत बीमार हो गया। किसी रेडीवाले से उसने छोले-भटूरे खाए थे, फिर लस्सी पी ली और तब मित्रों ने उसे पाव-भर तरबूज़ खिला दिया—पेट में कुछ गड़बड़ हुई और उसे कई उलटियां आ गईं। जहां कौश का मायका था, उससे चार मकान छोड़कर डा० सहगल का बंगला था। डाक्टर का उनके यहां काफी आना-जाना रहा था। विवाह से पहले सहगल ने कुछ दिन कौश की ओर विशेष ध्यान देना भी शुरू किया था। लेकिन तभी अनु से उसके विवाह की बात चली थी और वह दूसरी हवाओं में उड़ने लगा था। वैसे भी वह विवाह तो कौश से नहीं करता, वह एक साधारण-सी लड़की थी, बस जवान थी, स्वस्थ थी, इसलिए ; उसपर बहार कुछ उभरकर आई थी।

एकाध बार सहगल ने उसे अपने मकान के बरामदे या दरवाज़े पर देखा था और परिचयात्मक मुस्कान से अभिवादन किया था। उसका इस प्रकार मुस्कराकर ज़रा-सा हाथ हिला देना, या हैट उठाकर अभिवादन करना-मात्र कौश को अच्छा लगता था और वह उसकी कार आती-जाती देख, विशेष रूप से उसके सामने से गुज़रने की प्रतीक्षा करती थी और देखा करती थी कि डाक्टर

प्रायः सदा ही उसकी ओर देखा करता था और संकेत में दिखाता था कि वह उसके प्रति सचेत है।

रोशन भाई साहब की बीमारी में कौश को यही सूझा कि वह सहगल को बुला लाए और वह जल्दी से, हल्का-सा मेकअप करके सहगल की कोठी में चली गई।

सहगल उस समय अपनी बैठक में, लम्बी आरामकुर्सी पर, कमीज़-बनियान उतारे, केवल पैंट पहने पंखे के नीचे लेटा था—अभी-अभी बाहर से आया था, गर्मी बहुत थी—

"कौशल्या को देखकर भी वह उठा नहीं, "आओ बेबी, चली आओ, ज़रा पंखे के नीचे हवा ले रहा था, हौरिबल गरमी है। कैसे आईं?"

"रोशन भाई साहब को उलटियां आ रही हैं। रुक ही नहीं रहीं। आप चल सकेंगे।"

"तुम्हारे लिए ज़रूर चल सकता हूं। दो मिनट में चलता हूं। कमज़ोर हो गई हो, क्या बात है, मिस्टर भूखा रखते हैं क्या?"

कौशल्या ने अपनी वास्तविक आर्थिक स्थिति को छिपाने का काफी प्रयत्न किया था, परन्तु सहगल को यहां तक पता था कि कौशल्या को यहां बुलाने के लिए उसकी मां ने पच्चीस रुपये का मनीआर्डर भेजा था और जब वह यहां पहुंची थी तो उसके पांव में डेढ़ रुपये वाली रबर की चप्पल थी, जिसकी एक पट्टी टूटी हुई थी।

रोशन की बीमारी में और उसके बाद भी सहगल ने कौश के यहां दिन में एकाध बार जाना अपना नियमित कार्यक्रम बना लिया था। धीरे-धीरे उसने कौशल्या को मना लिया कि वह नर्सिंग का छः महीने का कोर्स ले ले, उसके बाद वह डेढ़ दो सौ आसानी से कमा लेगी, और अगर फैमिली प्लानिंग में उसने स्पेशलाइज कर लिया तो आमदनी की सीमा ही नहीं। कौश के माता-पिता ने भी दामाद की आय को सर्वथा अनिश्चित देखकर उसे उत्साहपूर्वक स्वावलम्बी बनने की सहमति दे दी।

सहगल ने कुछ ही दिन के प्रशिक्षण के बाद कुछ विशेष प्रकार प्राइवेट के

सों में कौश को अपनी सहकारी के रूप में ले जाना शुरू कर दिया था। एकाध बार उसने कौशल्या को एकान्त में ले जाने का भी प्रयत्न किया परन्तु कौश ने उसे टाल दिया।

एक सप्ताह हुआ सहगल को मसूरी से एक सीरियस केस के लिए फोन से बुलावा आया। उसने कौश को साथ चलने को कहा और आश्वासन दिया कि सुबह जाकर शाम को वह उसे घर पर पहुंचा देगा। उसी रात उसके माता-पिता एक शादी में शामिल होने के लिए मुरादाबाद जा रहे थे। बेटी की उन्नति व व्यावहारिक प्रशिक्षण के प्रलोभन से उन्होंने उसे डाक्टर के साथ जाने को आग्रहपूर्वक कहा और वह चली गई।

मसूरी जाने पर कौश को पता चला कि सहगल का एक मित्र था जोकि किसी अविवाहित लड़की को लेकर मसूरी आया हुआ था। केस एबार्शन का था। सहगल ने कौश को उस केस में, एक ही रात में आधी फीस अर्थात् ढाई सौ रुपया दिया। अगले दिन एक और वैसा ही केस उन्हें मिल गया और कौश को दूसरे दिन भी जब ढाई सौ मिले तो उसकी महत्त्वाकांक्षाएं बढ़ती चली गईं, शैतान की पूंछ की तरह और वह डाक्टर सहगल के साथ मसूरी में छः दिन रही। 'हैकमैन' में दो कमरे उन्होंने ले लिए थे।

सातवें दिन सहगल शाम को उसे अकेलाहोटल में छोड़कर किसी विशेष कार्यक्रम में भाग लेने चला गया था और कौशल्या ने उस दिन अकेले ही डिनर खाया, अपने कमरे में। सहगल करीब एक बजे आया और उसने उसका दरवाज़ा धीरे से खटखटाया। उसके दस्तक देने से ही कौश समझ गई कि वह डाक्टर था। उसे नींद नहीं आई थी, वह रज़ाई ओढ़े अपने पति के उपन्यास को पढ़ रही थी, जो उसने प्रकाशित होने पर बड़े उत्साह से भेजा था और उसके इकरार के बावजूद भी वह उसे अपनी व्यस्तताओं के कारण अब तक पढ़ न खाई थी।

"हल्लो, अभी तक सोई नहीं ?" कहते हए सहगल ने कमरे का दरवाज़ा अन्दर से बन्द करके चिटखनी लगा दी थी और उसके पलंग पर ही आ बैठा था।

कौश ने पहचान लिया कि सहगल पीकर आया था, काफी पीकर आया था। वह उसकी अवस्था देखकर घबरा गई थी। यह पहला ही अवसर था कि उसने सहगल को पिए हुए देखा था—और नर्सों से सहगल के पीने के बाद ही कुछ कहानियां उसने सुनी थीं—वह बुरी तरह डर गई थी...

करीब दो बजे सहगल हाथ मलता हुआ कौश को तकिये में मुंह दिए बुरी तरह सिसकियां लेते छोड़कर अपने कमरे में चला गया था।

अगले दिन सुबह उन्हें वापस लौटना था। परन्तु करीब साढ़े सात बजे सहगल को दिल्ली से एक फोन मिला कि उसे उसी दिन एक आवश्यक कार्य से स्वास्थ्य-मन्त्रालय के एक डिप्टी सेक्रेटरी से मिलना था। कार रुड़की न रुककर दिल्ली आ गई थी और कौश ने भी सोचा कि वह दिल्ली जाकर एक बार अपने पति से मिल आए, उससे उसे कुछ सान्त्वना मिलेगी।

पति से मिलने का एक विशेष प्रयोजन था—मसूरी की आखिरी रात की दुर्घटना से कौश बहुत डर गई थी। सोचते-सोचते उसका सिर दुखने लगा था।

परन्तु अशेष तो बर्फ का एक सिल्ली निकला—जिसे वह पिघला न पाई और सुबह जिस प्रकार अशेष ने उसे पूर्ण उपेक्षा से विदा दी, आग्रहपूर्वक रोका भी नहीं, उसने मन ही मन कहा, "भाड़ में जाए लोकलाज, देखा जाएगा जो कुछ होगा, भाड़ में जाए दुनिया !" सहगल जैसा बलशाली, साधन-सम्पन्न व्यक्ति जब उसका मित्र था तो उसकी समस्याएं हल हो ही जाएंगी, उसने सोचा था, परन्तु जब अनु के सामने सहगल ने उसका अपमान किया, भर्त्सना की तो उसे एक बार लगा कि माया भी गई और राम भी—परन्तु सहगल ने उसकी बांह पकड़कर उसे कार में खींच लिया था।...

... ...

और कार जमुना के पुल को पार करके जी० टी० रोड पर पैतालीस-पचास की चाल से चली जा रही थी और पीछे बैठे अर्दली ने आइस बॉक्स में से निकालकर बीयर की एक बोतल मग में डालकर सहगल को दे दी थी

और सहगल एक हाथ से स्टीयरिंग संभाले सुनहरी झागों वाले मग को होठों से लगाए मुस्करा रहा था और कार चली जा रही था—उसकी चाल अब पचास-पचपन के करीब थी।

करीब बारह बजे अनु का बूढ़ा नौकर आया, अशेष उस समय बाज़ार से लौटा ही था और दो थैलों में से पैकेट निकाल-निकालकर चटाई पर रख रहा था। उसमें एक डब्बा घी, एक बोतल सरसों का तेल, एक शीशी शहद, एक शीशी अचार की, चीनी, चावल, आटा, दालें, मिर्च मसाले, आलू-प्याज़, साबुन-नील तक था।

एक बड़े से थैले में दो जोड़ी कुरते-पाजामे थे। यह सब सामान वह ग्रामोद्योग भवन से ही खरीद लाया था। एक दिन वह वहां गया था और देख आया था कि वहां रसोई की लगभग सभी चीज़ें शुद्ध और हाथ की पिसी-बनी मिलती थीं। कौश को उसने एकाध बार कहा भी था कि वह वहां से सामान लाए। परन्तु खादी और हाथ की बनी चीज़ों का नाम सुनकर ही कौश ने नाक-भौं चढ़ा ली थी। उसे क्रेप और जार्जेट वाली दुनिया पसन्द थी—घर में पहनने को भी वह रेशमी साड़ियां पसन्द करती थी।

सुबह कौश के जाने के पश्चात् उसने समझ लिया कि उसे अपना घर स्वयं चलाना होगा। नौकरी तो कोई थी नहीं जो समय की पाबन्दी हो, उसने सोचा कि वह अपना खाना स्वयं ही बनाया करेगा। अनु ने उस सौ रुपये दे ही दिए थे, फिर उसके यहां खाना उसे दोनों के लिए असुविधाजनक लगा, कभी उसका जी खाने को है, कभी नहीं, कभी वह हल्का खाना चाहेगा, कभी खाने को जी ही नहीं करेगा। अनु के यहां उसे समय पर जाने और खाने का बन्धन होगा, और उन्हें भी तो कम असुविधा नहीं होगी।

कौश के रहते भी, बीमारी-हारी में उसने कभी-कभी खाना बनाया था और कौश ने तो नहीं, परन्तु डौली ने सदा उसके हाथ के खाने को बड़े स्वाद से खाया था। उसे लगा, "बस अगर डौली मेरे पास हो तो मेरी दुनिया पूरी हो जाए"—परन्तु डौली को तो कौश मिसिया बनाना चाहती थी।

बूढ़े हरिया ने जब देखा कि अशेष बाबू रसोई का सारा सामान फैलाए बैठे हैं और चीज़ें डालडा के खाली डब्बों में रख रहे हैं तो उसने मुस्कराते हुए पूछा, "बाबूजी, अनु बीबी ने तो मुझे पूछने भेजा था कि खाना आप कितने बजे खाएंगे ?"

अशेष ने हंसते हुए कहा, "अब उनसे पूछा कि वह खाना खाने कितने बजे आएंगी।"

"आपने ये सब तकलीफ क्यों की ?"

"इसमें तकलीफ कैसी बाबा ! अपना काम तो आदमी को खुद ही करना चाहिए।"

"इससे अच्छी तो कोई बात नहीं। लेकिन अनु बीबी नाराज़ होंगी। उन्होंने तो महाराजिन को कह दिया है कि आप खाना वहीं खाया करेंगे। अभी तो मैं आपकी थाली ले आता हूं, शाम से जैसा आप चाहें कर लीजिएगा।"

"तो बाबा, एक थाली तुम मेरे लिए ले आना और एक थाली तुम अपनी महाराजिन के लिए यहां से ले जाना। बेचारी को बड़ा कष्ट हुआ होगा।"

हरिया हंसा, "तो आप अपना खाना आप ही बनाएंगे ? मैं अनु बीबी को जाके कह दूं।"

"हां बाबा, यही ठीक रहेगा। तुम बैठो न दस मिनट, एक कप चाय पीकर जाना।"

"अरे सरकार, कैसी बात करते हैं। आपका ही तो खाते हैं।"

"नहीं बाबा, ऐसे नहीं जाने दूंगा—बस दस मिनट में देखो कैसी बढ़िया चाय पिलाता हूं। लाप्चू की चाय है, इतनी बढ़िया फ्लेवर कि तुम रोज़ आया करोगे। मना करोगे तो मैं नाराज़ हो जाऊंगा। अशेष ने एक चटाई हरिया के पास बिछा दी। हरिया ज़मीन पर ही बैठने लगा तो अशेष ने कंधे से पकड़कर उसे

चटाई पर बैठा दिया हरिया हंसता हुआ बैठ गया।

अशेष ने स्टोव जलाया और दूध, पानी, और चीनी डालकर पतीली उसपर रख दी—वह आलू छीलने लगा कि हरिया ने उससे चाकू ले लिया और आलू-प्याज़ छीलने लगा।

एक गिलास चाय के साथ ग्लूकोज़ के बिस्कुट जब हरिया के सामने रखे और उसके पास ही चटाई पर बैठकर चाय पीने लगा तो हरिया की आंखों में आंसू आ गए, "बाबूजी, सचमुच इतनी सवादी चाय मैंने कभी नहीं पी। एक बार गनेशी से मिलने मैं अहमदाबाद गया था तो उसने ऐसे ही अपने हाथ से बनाकर पिलाई थी। बड़ी अच्छी लगी थी, लेकिन इतनी सवाद नहीं थी। बनाई भी ऐसी ही थी। दूध पानी साथ डालके।"

"गनेशी तुम्हारा लड़का है ?"

"था, है कहां ? भरी जवानी में सीतला माता ने ले लिया था। सड़क की बत्तियों के नीचे बैठकर उसने ऐंट्रेंस पास किया था। आज होता तो कहीं बड़ा बाबू होता। अनु बीबी और गनेशी साथ-साथ खेला करते थे। दोनों की एक-सी उमर थी—बड़ी बीबी जब अनु बीबी के लिए कपड़े लाती थीं तो गनेशी के लिए भी लाती थीं। छोटे थे तो दांत से काट-काटके रोटी खाते थे।"

"तुम इनके पास बहुत दिन से रहते हो बाबा ?"

"अनु बीबी हुई भी नहीं थीं, तब से इनके यहां ही हूं। मुझे घर में कोई नौकर थोड़े ही समझता है। गनेशी अभागा था जो मुझसे दूर हो गया।"

"क्यों चला गया था, बाबा ?"

"अपना-अपना भाग है। बचपन की आदत उसकी गई नहीं थी, एक दिन बचपन के लाड़ में अनु बीबी से किसी किताब पर हाथा-पाई करने लगा था—भोले बच्चों को क्या पता था कि जवानी ने कदम रख लिया था; बड़े साहब ने देख लिया और गनेशी के एक चांटा लगा दिया। बस उसके दिल को कुछ ऐसी चोट लगी कि घर छोड़के चला गया। मां उसकी होती तो उसे मोह होता। न जाने कहां-कहां भटकता हुआ अहमदाबाद पहुंच गया था—वहीं उसने किसी

सेठ के यहां नौकरी कर ली थी—वहीं उसने मैट्रिक पास किया और एक सरकारी दफ्तर में नौकरी कर ली थी—छोटी बाबू लग गया था, दफ्तर से आता था तो कितने सारे कागज़ और फाइलें लाता था। बस एक दिन तार आया कि उसे सीतला माता ने उठा लिया था—मुझे आज भी विसवास नहीं होता कि वो नहीं है—लगता है किसी दिन आ खड़ा होगा और कहेगा, बाबा मैं आ गया।" और बूढ़े का गला भर आया।

"बाबा, मुझे अपना गनेशी समझ लो न ?"

बूढ़े ने आंसुओं के परदे के पीछे से अशेष को देखा, उसके होंठ कांप रहे थे, "भगवान तुम्हें उमर दे। अब मैं चलूं, अनु बीबी बाट देखती होंगी।"

"दिन में खाना तुम मेरे साथ खाना, बाबा।"

"कैसी बातें कहते हो बाबू !"

"नहीं, अकेले मुझे अच्छा भी नहीं लगेगा।"

"अनु बीबी को भेज दूंगा।" कहता हुआ हरिया चला गया।

इस सम्भावना से कि अनु शायद आ जाए, अशेष विशेष रुचि से खाना बनाने में लग गया। आलू-टमाटर बनाए, दही लाकर दही का रायता डाला, एक प्लेट में क़रीने से उसने प्याज़ काटे, उस पर टिमाटर के पतले-पतले चक्के सजाए, कुछ टुकड़े चुकंदर के रख कर उसने हरी मिर्च और धनिया बुरका। आधे-आधे काटकर दो नीबू उसने उनपर सजा दिए। प्लेट अच्छी-खासी तसवीर दीख रही थी।

एक बजे तक उसने पतले-पतले तिकोने परांठे भी बना लिए थे और जल्दी-जल्दी नहाया, नया कुरता-पाजामा पहना और प्रतीक्षा करने लगा कि अब अनु आएगी, अब आएगी।

खाना ढका-ढकाया चटाई पर बिछे तौलिये के दस्तरखान पर रखा रहा, पलंग पर लेटे-लेटे अशेष को झपकी लग गई और जब खुली तो कोई उसका दरवाज़ा खटखटा रहा था। वह उठा। दरवाज़े की चटखनी भी नहीं लगी थी। उसने कहा, "खुला है, आ जाइए।"

अनु आई। एक बार उसने अशेष को देखा, फिर चटाई पर सजे। दस्तरखान

को और एक ओर धीमे-धीमे जलते स्टोव को। बिना कुछ कहे वह ड्रैसिंग टेबल की चीज़ें एक ओर खिसकाकर बैठ गई।

अशेष प्रतीक्षा कर रहा था कि अनु कुछ कहेगी, जब वह न बोली तो उसने पूछा, "क्या टाइम होगा ?"

"ये सब क्या है ?"

"खाना।"

"खाना है कि बदतमीज़ी ?"

"बदतमीज़ी कैसे ? बदतमीज़ी तो तब होती जब मैं अकेला खा चुका होता।"

"मैं पूछती हूं, इस सबका क्या मतलब है ? तुमने बाबा को मना क्यों कर दिया ?"

"इसलिए कि मैं खाना बना रहा था।"

"तुम्हें किसने कहा था कि खाना बनाओ ?"

"कहा था किसीने।"

"किसने ?"

"सपनों में कोई आई थी, उसने कहा था।"

"देखो अशेष, तुम्हें टाइम वेस्ट नहीं करना चाहिए। खाना तुम्हें दोनों समय बना-बनाया मिलेगा और तुमपर किसी का अहसान भी नहीं होगा, न किसीको उससे तकलीफ होती है—एक नौकरानी और एक नौकर इसी काम की तनख्वाह पाते हैं।"

"मेरा दिल नहीं लगता, मुझे कुछ काम चाहिए।"

"तुम्हारा काम लिखना है—यह तुम्हारा काम नहीं।"

"नहीं अनु, बिना चूल्हे के घर घर-सा नहीं लगता—घरवाली न हो तो चूल्हा तो हो। हर समय लिखा नहीं जा सकता, चौबीस घंटे कोई नहीं लिख सकता और इन पिछले कुछ दिनों में मैंने पाया कि व्यस्त न रहने ने मुझे बहुत परेशान किया है—रात को छत पर खड़े होकर तुम्हारी खिड़की की ओर देखते रहना, कौश के पत्र की प्रतीक्षा में सारे-सारे दिन पड़े रहना, यह सब इसलिए हुआ कि मैंने अपने को व्यस्त नहीं रखा। अब मैं अपना खाना बनाऊंगा, बरतन

मांजूंगा, कपड़े धोऊंगा, टूटे बटन का कुरता नहीं पहनूंगा, पाउडर के दूध की चाय नहीं पीऊंगा, असली घी खाऊंगा, और रात होते-होते इतना थक जाऊंगा कि पैरिस की उन छोकरियों का झुंड का झुंड भी आ जाए तो कुम्भकर्ण की नींद न टूटे।"

अनु अशेष का मुंह देख रही थी, "मैं सोच रही थी कि मैडम के चले जाने पर तुम..." कुछ सोच वह रुक गई।

"कि मुझे गश आ रहे होंगे, हिस्टीरिया की फिटें आ रही होगी और मैं अपने बाल नोच रहा हूंगा...आदि। नहीं अनु, मैंने स्थिति को बहुत अच्छी तरह समझ लिया है, मैं उसके लिए तैयार हूं, मुझे अपनी लड़ाई बहुत संयम और धैर्य से लड़नी होगी—वह लड़ाई मेरे अपने साथ है, किसी और के साथ नहीं। न किसीसे शिकायत है, न शिकवा।"

"मैं सोच रही हूं इस सबके लिए कहीं मैं तो उत्तरदायी नहीं। यदि मैं तुम्हें न मिली होती तो शायद कौश न जाती।"

"तुम सोचती रहती हो, न जाने क्या-क्या ? लेकिन अनु, इसके लिए कोई ज़िम्मेवार नहीं, भाग्य है—वह भाग्य जिसे ऐसे ही समय मानना पड़ता है—आज मैं कैसे कह दूं कि मैंने जो खोया है उससे अधिक नहीं पाया।"

"तुम्हारी बात तो इसीसे गलत सिद्ध होती है कि तुम्हें और तो और, अभी तक खाना भी नहीं मिला।"

"मिलता कैसे जब तक कोई देनेवाला न होता।"

"तो तुम मेरी प्रतीक्षा कर रहे थे ?"

"हां।"

"मुझें क्या पता तुम इतने पगले होगे कि बाबा की ज़रा-सी बात पर तीन बजे तक भूखे बैठे रहोगे।"

"घर में भरा-पूरा खाना है और तुम्हारे साथ खाने का सुख तो मैं ले चुका हूं। अभी झपकी लगी थी तो तुम घी-बूरे में चूरमा मींज-मींजकर मुझे खिला रही थीं।"

"गोद में बैठाकर ?"

"हां।"

"और तुम इतने ही बड़े ढींग के ढींग गोद में बैठे थे ?"

"नहीं, जसे मैं उतना बड़ा था, जितना कि तीसरी या चौथी में में था।"

"अब उस मुगालते को दूर कर दो और खाना खाओ।"

"तुम भी खाओ।"

"मैंने खा लिया।"

"मैंने भी तो खा लिया।"

"सपने में ?"

"हां अनु, सपनों की दुनिया से मुझे प्यार हो गया है, वह मुझे वह सब देती है जो मुझे दुनिया नहीं देना चाहती—उसने मुझे तुमसे मिलाया है।"

"सपनों से पेट भरके कितने दिन चलोगे, आओ खाना खाओ।" कह अनु ने अपना पर्स रखा और ढके हुए खाने का मुआयना करने लगी, "आलू-टमाटर का सूप तो तुमने कमाल का बनाया है," पतीली स्टोव पर रखते हुए उसने कहा, "ये रंग तो मेरी सब्ज़ी में भी नहीं आता।"

अशेष पलंग पर बैठा था ; पांव ऊपर रखे, घुटनों पर ठोढ़ी टिकाए, मुस्करा रहा था, "तुमने छू दिया है इससे ऐसा हो गया है।"

"तुम मुझे इस तरह फ्लैटर क्यों करते हो ?"

"मुझे अच्छा लगता है।"

"अब तुम बहुत बोलने लगे हो !"

"तुमने सिखाया है।"

"अशेष ?"

"हां।"

"कुछ नहीं।" अनु ने दो प्लेटों में सब्ज़ी परोसी, दो में रायता, और चटाई पर बैठती हुई, ज़रा-सा सिर हिलाकर बोली, "आओ।"

अशेष उठा, गुसलखाने में जाकर मुंह-हाथ धोकर आ बैठा।

"शुरू करो।"

अशेष ने हाथ न बढ़ाया। अनु ने एक कौर तोड़ा, शोरबे में भगोया, उसे मींजा और अशेष की ओर बढ़ाया, "ऐसे ?"

"हां।"

"बस, एक।" अनु ने कहा।

"अच्छी बोनी हो तो दिन-भर अच्छा रहता है।" अशेष ने कहा। वह खाने लगा। दोनों चुपचाप खाते रहे।

"आज तुम्हारी बोनी करा दी है, लेकिन बस।" अनु ने कहा।

"अनु !"

"हूं !"

"कुछ नहीं।"

"कहो।"

"नहीं। अब मुझे अपने इस शैतान दिमाग के लिए एक बहुत मज़बूत ब्रेक रखना होगा। यह अंतरिक्ष यात्री-सा तारे-सितारों में जाने की इच्छा रखने लगा है।"

"हां अशेष, ब्रेक लगाना ठीक ही होगा। मुझे भी कुछ सीमाएं बनानी होंगी। कोई लक्ष्मणरेखा तो होनी ही चाहिए।

अशेष गम्भीर हो गया था। उसका हाथ रुक गया। "खाओ", अनु ने कहा।

"बस।"

"भूखे तो नहीं ?"

"भूख तो बोनी में ही बुझ गई थी।"

"अब मैं चलूं।"

"बस तुम यही न कहा करो।"

"अशेष, मुझे डर लगने लगा है।"

"मुझसे ?"

"नहीं, अपने-आपसे।"

'अनु, अशेष से तुम्हें कभी डरना नहीं होगा—"

"मैं जानती हूं, लेकिन पता नहीं क्या हो गया है मुझे, तुम्हें भुला नहीं पाती हूं।"

"भुलाने की ज़रूरत है ?"

"नहीं है, लेकिन तुम इस तरह सदा मेरे मानस पर छाए रहते हो कि मैं घबरा जाती हूं।"

"इसका इलाज बताऊं ?"

"बताओ।"

"कलम उठाओ। लिखो, जब मन भारी हो, परेशान हो, अपने-आपसे घबराने लगो, लिखने लगो। अभिव्यक्ति से तुम्हारा दिल हल्का होगा और जो समस्याएं साधारण चिन्तन से नहीं सुलझतीं, वह लिखने से सरल हो जाएंगी और प्रत्येक अनुभूति, प्रत्येक भाव, प्रत्येक प्रतिक्रिया एक रचना की आधार बन जाएगी। लिखना सीखने का सबसे अच्छा गुर क्या है, पता है? डायरी लिखना। प्रतिदिन प्रातः उठकर कुछ समय दिन-भर का कार्यक्रम लिखो और सोने से पहले नियम से दिन-भर की मुख्य घटनाएं, घटनाएं न लिखना चाहो तो उनकी प्रतिक्रियाएं, वह भी न लिखना चाहो तो अतुकांत गद्यगीत के रूप में उन्हें व्यक्त कर दो—कुछ दिन बाद तुम देखोगी कि तुम्हारी डायरी अनेक उपन्यासों, कहानियों, काव्यों, कविताओं की आधार-सामग्री बन जाएगी।"

"जैसी आज्ञा गुरुजी।" कह अनु ने हाथ जोड़कर माथे से लगाए और झुककर नमस्कार किया।

हंसते हुए अशेष ने सिर पर हाथ फेरा।

"आनसार अब मैं नहीं कहूंगी कि जा रही हूं, और चली जाऊंगी। शाम को तुम्हें ट्यूशन पर आना है। कितने बजे आओगे ?"

"मैं तो अभी चल सकता हूं। तुम जितने बजे कहो।"

"छः से सात तक, शरीफ आदमी की तरह आना और घड़ी देखकर क्लास खत्म कर देना—घरवालों पर रौब रहेगा।"

"अच्छा, गुरुआनीजी !"

अनु चली गई थी—

रास्ते में सहगल ने कई बार कौश से बातचीत करनी चाही परन्तु वह अत्यन्त गम्भीर थी और उसे बार-बार अनुभव हो रहा था कि उसे नहीं

आना चाहिए था, पति के लिए उसे अपनी इच्छाओं को दबा देना चाहिए था, उसकी असुविधाओं को भी देखना चाहिए था। एक बार जब उसने कल्पना की कि यदि कुछ समय और वह पति से दूर रही तो कहीं वह उसे तज ही न दे। फिर क्या होगा, फिर डौली का क्या होगा ? समाज में, परिवार में, माता-पिता को वह मुंह कैसे दिखाएगी। उसे भली प्रकार पता था कि उसका पति इतना स्वाभिमानी था कि वह कभी भी उसकी खुशामद करने नहीं आएगा, कभी नहीं बुलाएगा। इतनी आर्थिक कठिनाइयों में भी उसने कभी माता-पिता को एक पैसे के लिए भी लिखने नहीं दिया था और न अपने किसी सम्बन्धी अथवा मित्र के सामने जाकर हाथ पसारे थे। वह यह भी जानती थी कि कभी भी उसके पति ने उससे बिना उसकी इच्छा के कुछ नहीं लेना चाहा था, केवल अधिकार-मात्र के आधार पर उसने उससे प्यार भी नहीं लिया—केवल उसकी आंखों को देखा करता था, उसके मूड को आंका करता था और जब वह स्वयं ही उसकी ओर झुकती थी तभी वह उसके निकट आता था और ज़रा सी अनिच्छा देखकर स्वयं सकुचा जाया करता था।

अशेष के व्यवहार से उसे ढूंढ़ने पर भी कोई शिकायत नहीं मिल पाई थी, सिवा इससे कि उसकी आय अनिश्चित एवं अपर्याप्त थी।

रुड़की पहुंचने पर उसने पाया कि उसके माता-पिता आ गए थे। उसने नहीं बताया कि वह दिल्ली गई थी।

उसकी मां ने बताया कि पिछले कुछ दिन से डौली अपने 'पिताजी' को बहुत याद कर रही थी। कौश की गोद में आने के बाद वह एकदम बड़ी ज़ोर से रो पड़ी थी और उससे चिपट गई थी। वैसे वह स्वस्थ थी, उसकी मां ने बताया। कौश का भी उसे इस प्रकार बिलखते देखकर जी भर आया था। उसने अपने बैग में से निकालकर एक सोने-जागनेवाली गुड़िया डौली को दी, परन्तु उसने उसे हाथ भी न लगाया। कौश ने उसे काफी देर बहलाने का प्रयत्न किया, परन्तु वह मचल गई थी, मां की गोद से उतरना ही नहीं चाहती थी और जब कौश उतारने का प्रयत्न करती, तो रोने लगती थी। आखिर कौश ने झुंझलाकर उसे ज़मीन पर पटक दिया, वह फिर उससे

चिपटने लगी तो उसके एक चांटा लगा दिया। चांटा इतनी ज़ोर से लगा कि उसकी मां जो पास के कमरे में थी, उसने भी सुना और आकर देखा कि डौली ज़मीन पर पड़ी बिलख रही थी।

"क्या हो गया है तुझे ? सिर खराब हो गया है ? लड़की को क्यों मारा ?"

"इसने तंग कर दिया है। पल्ला ही नहीं छोड़ती। मुझे हस्पताल जाना है।"

"आग लगे तेरे हस्पताल को ! लड़की से हफ्ते के बाद मिली है। तो चांटा लगा दिया उसके। आज कहीं नहीं जाना, छुट्टी ले ले। ऐसे तो लड़की बिरान हो जाएगी।"

मां ने हस्पताल कहला दिया था कि कौश उस दिन नहीं आएगी।

कौश ने डौली को मनाने का, उठाकर गोद में लेने का प्रयत्न भी किया, परन्तु वह उससे रूठ गई थी। डेढ़-पौने दो साल की होने आई थी, आज तक उसे पिताजी ने या मम्मीजी ने कभी हाथ नहीं लगाया था। वह सहमी-सी अपनी नानी के आसपास घूम रही थी। जब वह कुछ करने बैठ जाती तो वह उनके पास बैठ जाती थी। अनेक बार सोने-जागने वाली गुड़िया के पास जाकर उसे देख आई थी, परन्तु उसने उसे हाथ नहीं लगाया था, जबकि न जाने कितने दिन से वह वैसी गुड़िया के लिए फरमायश कर रही थी।

रात भी सोने के समय वह कौश के साथ न सोई, नानी के साथ ही सोई। नानी ने उसे अपने पेट पर लिटा लिया था और कहानी सुना रही थी। कहानी में एक बच्चा अपने पिता के साथ जंगल में गाया था और पिता शिकार में भटक गया, बच्चा अलग हो गया था, सुनते-सुनते डौली बड़ी ज़ोर से 'पिताजी' पुकारकर रोने लगी थी। नानी ने उसे छाती से चिपटा लिया था और पास की खाट पर लेटी कौश से कहा था, उसे अपने बाप की याद आ रही है। कुछ दिन की छुट्टी लेकर मिला ला न। बहुत दिन हो गए, लड़की का जी भटक रहा है।"

कौश ने कुछ नहीं कहा था, केवल एक ठण्डी सांस लेकर, करवट बदलकर लेट गई थी। परन्तु रात न जाने कितनी देर, शायद तीन बजे तक वह सो न

पाई थी। अनेक बार उसने निश्चय किया था कि सुबह उठकर वह डौली को लेकर दिल्ली के लिए चल देगी, परन्तु जब सुबह वह उठी थी तो उसका सारा शरीर दुख रहा था, सिर भारी था, उठकर मुंह-हाथ धोने लगी थी तो उसका जी मिचलाया था। उससे कुछ खाया-पीया भी न गया, मुंह का सवाद बिगड़ गया था और बार-बार मितली-सी आती थी।

ज़रा-ज़रा-सी बात पर डौली अपने पिताजी को याद करके मचल जाती थी और कुछ भी खाने-पीने की सामग्री सामने आते ही कौश को मितली-सी आने लगती थी। कौश बहुत परेशान थीं, उसने उस दिन की छुट्टी की भी अरज़ी भिजवा दी थी।

उसे लग रहा था कि जैसे डौली अपने पिता को बार-बार याद करके, उसके प्रति उपेक्षा का व्यवहार करके उसे सज़ा दे रही थी। कभी उसका मन कहता कि उसे किसीकी भी परवाह किए बिना अपना कोर्स पूरा करना चाहिए, स्वावलम्बी बन जाना चाहिए परन्तु आनेवाली स्थिति व सम्भावना की कल्पना करके वह कांप जाती थी—कैसे वह अपना कोर्स पूरा करेगी...

पांच सौ रुपये उसके पर्स में वैसे के वैसे रखे थे, कौश को लगा जैसे वह उसे उसी प्रकार देने होंगे, जैसे कि आए थे। उसका अपना ज्ञान व अनुभव इतना अधूरा था कि वह डरती थी—किसी और को वह कैसे कहेगी, और सहगल ? उसकी कल्पना करके ही वह कांप जाती थी।

तीन-चार दिन बाद की बात है। एक रात डौली सोते-सोते इतनी ज़ोर से 'पिताजी' का नाम लेकर चीख पड़ी थी कि उसकी नानी, नाना, कौश, सभी चौंक गए थे। डौली ने उसके बाद धुनसी लगा दी, "पिताजी पाश जाऊंगी।"...इसी प्रकार पुकारते-बिलखते उसने सवेरा कर दिया था और माता-पिता ने सुबह कौश को डौली को लेकर दिल्ली जाने की आज्ञा दी थी, परन्तु कौश ने जब कहा कि वह नहीं जाएगी तो समझ में न आया कि वह क्यों नहीं जाना चाहती थी—बार-बार पूछने पर उसने कहा, "मैंने कह दिया नहीं जाऊंगी। अगर तुम लोगों को भारी लग रही हूं तो और कहीं चली जाऊंगी।" तो मां ने मुंह बन्द कर लिया और पिता जाकर बरामदे में बैठकर

अखबार पढ़ने लगे थे।

शाम को माता-पिता की अकेले में मीटिंग हुई, उन्होंने समस्या को अनेक पहलुओं से सोचा। वह जानते थे कि दामाद ने कई चिट्ठियां कौश को बुलाने को लिखी थीं ओर कौश ने उनका ढंग से जवाब भी नहीं दिया था। वह यह भी जानते थे कि लड़का लड़ने-झगड़ने वाला भी नहीं, कौश ने हमेशा हीं तो मज़ाक-मज़ाक में कहा था कि उसका मियां उसका 'हेनपेक्ड' था और कभी उसका विरोध नहीं कर सकता था।

"मैंने तुम्हें कहा था इस नर्सिंग के चक्कर में न डालो लौंडिया को, तुम न माने तो मैंने भी हां कह दी। फिर मुझे इस डाक्टर के पास उसका आना-जाना पसन्द नहीं। लोग उसे अच्छा आदमी नहीं कहते।" मां ने कहा।

"अब तो तुम भी अकलमन्दी बघारने लगीं, पहले तो तुमने ही कहा था कि उसे कमाना चाहिए। कमाना आसान है ?"

"इस छोकरी ने तो घर उठा रखा है, उसे बाप की याद आ रही है, आखिर कब तक उससे दूर रखोगे। लौंडिया भटक गई है।"

"उसे बुला लो।"

"फिर अगर लड़की को साथ न भेजा तो बुरा होगा।...

"मिलने को बुला लो।"

"कौशल्या से तो पूछ लो।"

"तुम पूछ लो।"

"मुझे तो उससे बात करते डर लगता है।"

"तो मुझे क्यों कहती हो ?"

"फिर क्या होगा ?"

"होगा मेरा सिर ! तुम जानो और तुम्हारी लौंडिया ! मुझे कुछ नहीं पता।"

तो समस्या ऐसे भी नहीं सुलझी।

कौश चली गई थी, वह कब आएगी यह भी निश्चित नहीं था, फिर भी कभी-कभी अशेष को लगता कि वह आनेवाली है। कभी वह यू० पी० रोडवेज़ के अजमेरोगेट वाले अड्डे के पास से गुज़रता तो कुछ देर ठिठककर खड़ा हो जाया करता और हरिद्वार-देहरादून से यदि कोई बस आती दीखती तो वह उतरती हुई सवारियों को देखता-फिर एक ठंडा सांस लेकर आगे चल देता। एक बार तो ऐसे खड़े-खड़े उसने चार-पांच बसें देखीं।

ऐसे ही ग्यारह बजे और दो बजे के करीब, जब डाकिये के आने का समय होता था तो वह प्रतीक्षा किया करता था कि शायद कौश का पत्र आए।

एक रात घूमता-घूमता वह स्टेशन जा पहुंचा था और उत्तर से आनेवाली तीन-चार ट्रेनें देखी थीं।

पिछले कुछ दिन से उसे डौली की बहुत याद आ रही थी। एक दिन चांदनी चौक से निकल रहा था। एक खिलौनों की दुकान में एक नाचनेवाली गुड़िया देखकर रुक गया था और उसे खरीद लाया था। उसे सम्हालकर डौली के खिलौनों वाले गत्ते के डब्बे में रख दिया था। ऐसे ही छोटी-छोटी चूड़ियां, एक प्लास्टिक के कुरसी, मेज़, खाट आदि का सेट और एक बरतनों का सैट भी ले आया था। यह चीज़ें खरीदकर उसे बड़ा सुख मिलता था। कौश के उस प्रकार, उसकी भावनाओं की उपेक्षा करने के उपरान्त भी उसने तो कहा ही था कि घर उसका था, जब चाहे आ सकती थी और जब वह आएगी तो डौली भी तो आएगी और उसे कितनी खुशी होगी जब उसकी छोटी-छोटी चीज़ें, खिलौने, सोडे की बोतलों के ढकने, दिवाली पर खरीदे कुछ मिट्टी के खिलौनों के टुकड़े, यहां तक कि टूटी हुई सलाइयां और नीले ऊन का गोला तक उसे सुरक्षित मिलेगा तो वह कितनी प्रसन्न होगी।

न वह कौश को भूल सका था, न डौली को और उसने घर की उस व्यवस्था में कोई परिवर्तन नहीं किया था, जोकि कौश छोड़ गई थी। यहां तक कि उसके कपड़े भी उसी प्रकार अलमारी में टंगे थे—कभी-कभी उन्हें धोकर वह फिर यथास्थान टांग दिया करता था।

एक रात सोते-सोते अशेष ने स्वप्न में डौली को देखा, जैसे वह एक बड़ी भीड़भाड़ वाली सड़क पर सड़क के बीचोबीच खड़ी थी, और दोनों ओर से बड़ी तेज़ मोटरें, बसें, ट्रकें, पुलिस के घुड़सवार, शायद रेलगाड़ियां भी आ-जा रही थीं और सड़क पार करना चाहती थी...तभी अचानक वह एक ओर को भागी थी, हाथ फैलाकर, उसके बाल बिखरे हुए थे, फ्राक जैसे फटा हुआ था, मैला भी था—अशेष उसे बचाने के लिए दौड़ा था, बेतहाशा—किसी चीज़ से उसका पांव टकराया था और वह लुढ़क पड़ा था, औंधा, मुंह के बल—

"पिताजी..." डौली की आवाज़ सुनाई दी थी और "डौली, मेरी डौली !..." वह चिल्लाकर रह गया था। जब उसकी नींद खुली थी तो कुछ देर उसे विश्वास नहीं हुआ था कि वह अपने बिस्तर पर था। जब उसे होश आया था और उसने हड़बड़ाकर बत्ती जलानी चाही थी तो उसकी टांगें लरज़ रही थीं।

उसके बाद उसे नींद नहीं आई थी। सुबह तक उसने निश्चय कर लिया था कि उसे जाकर एक बार डौली को देख आना होगा—"कहीं उसे कुछ हुआ तो नहीं ?" इस कल्पना से ही वह व्याकुल था।

जाने ने पहले वह एक बार अनु से मिलना चाहता था। जब वह सड़क पर आया तो हरिया बाबा उसे दरवाज़े के पास ही मिल गया।

"अनु बीबी कहां है ?"

"वो तो सुबह ही किसन बीबी के यहां चली गई थीं। कह गई थीं मास्टरजी को कहना आज शाम को वो नहीं पढेंगी। किसन बीबी के घर कोई पार्टी है।"

अशेष ने पास की एक दुकान से अनु को फोन किया, कृष्णप्रिया ने फोन उठाया, उसे शाम की पार्टी का निमन्त्रण दिया, परन्तु अशेष ने कहा कि वह एक-दो दिन के लिए बाहर जा रहा था।

"कहां जा रहे हो ?" अनु ने पूछा।"

"मिलना है।"

"आ जाओ।"

"कनाटप्लेस में नहीं मिल सकोगी, दो मिनट को ?"

"कोई खास बात ?"

"हां।"

"आती हूं।"

अशेष को देखकर, उसकी विक्षिप्त अवस्था को देख अनु डर गई, "क्या हुआ ?"

अशेष ने अपना स्वप्न सुनाया, "यह स्वप्न बुरी तरह तुम्हारे पीछे पड़े हैं।" अनु ने कहा।

"हां, अनु, इन्हें झूठा भी कैसे कहूं—डौली की चीख अब भी मेरे कानों में गूंज रही है। मेरी बदकिस्मती या कौश की, कुछ भी हो, परन्तु डौली को सज़ा क्यों मिल रही है। मैंने सोच लिया है कि यदि कौश नहीं आएगी तो भी मैं डौली को तो ले ही आऊंगा। उससे मुझे बहुत सहारा रहेगा।"

"वह उसे लाने देंगे ?"

"मुझे विश्वास है मैं उसे उसकी मां से भी अच्छी तरह रखूंगा।"

"सोच लो।"

"सोच लिया कि कम से कम एक बार देख आऊंगा, जी तो भटकता वहीं रहेगा। मां की गोद से अधिक उसने मेरी गोद का सुख पाया है—कभी-कभी मेरी गोद बुरी तरह कुलबुलाने लगती है, उसको रीतापन अखरने लगता है। मेरी गोद उसे पुकारती है अनु !" कहते-कहते अशेष की आंखों से आंसू आ गए।

"अवश्य जाओ, मेरे भावुक मित्र ! मैं जितना तुम्हारे निकट आती हूं, उतना ही सरल, उतना ही निर्मल, उतना ही गहरा तुम्हें पाती हूं। तुम्हारा प्यार कितना मूल्यवान है—जाओ, अपनी डौली को ले आओ। उसकी मां नहीं आएगी तो उसकी कमी उसकी मौसी पूरी करेगी !" अनु ने भावुकता से कहा।

"अनु ?"

"हां।"

"तुम भी मेरे साथ चलो।"

"मैं ?"

"हां, तुम भी चलो। राह में मुझे ढारस तो बंधाती रहोगी। मुझे लगता है मैं रुड़की तक भी कैसे पहुंचूंगा—मेरी आत्मा रो रही है।" और अशेष फूट-फूटकर रो पड़ा।

अनु की भी आंखें तरल हो गई थीं, उसने अशेष के हाथ पर हाथ रखकर कहा, "काश मैं तुम्हारे साथ चल सकती ! परन्तु रुड़की में ? मेरा वहां जाना किसी और के लिए हानिकर हो या न हो, उससे सबसे बड़ी हानि तुम्हें पहुंचेगी। तुम्हारे बिखरे जीवन के सुलझने, सिमटने की राह में मेरे साथ तुम्हारा वहां देखा जाना, सबसे बड़ी समस्या बन जाएगी। यही तो सहगल सिद्ध करना चाहता है, यही बात तो कौशल्या को तुम्हारे और भी विरुद्ध कर देगी और उसकी सबसे बड़ी हानि होगी डौली को, मासूम-सी उस बच्ची को।"

अनु के तर्क की वास्तविकता को अशेष अनुभव कर रहा था, "तुम ठीक कहती हो, लेकिन तुम्हें छोड़ते भी डर लगता है।"

"मैं कहीं जा रही हूं—कैसे पगले हो। एकाध दिन में आ जाओगे। तब तक मैं कुछ पृष्ठ अपनी डायरी के और लिख लूंगी। और अपने गुरुदेव के चरणों में अर्जित कर दूंगा।"

"तुम मुझे बहलाना खूब जानती हो।"

"तुम बच्चे जो हो—ज़रा-सी बात पर रोने लगते हो, ज़रा देर में हंसने लगते हो।"

"हां अनु, यदि कभी मुझे बहलाने से तुम इनकार कर दोगी तो —मैं कैसे खो जाऊंगा, कभी-कभी सोचा करता हूं।"

"इस डायलौग को किसी उपन्यास के लिए संभालकर रख लो। अब राजे बेटे की तरह जाओ, दीदी ने काम बहुत बखेर लिया है, मैं जाऊंगी तो संभाल लूंगी। लौटते ही मिलना।"

"जाऊं ?"

अनु हंसी, "सफर के लिए तुम्हें एक काम देती हूं, करते हुए चले जाना।" कह अनु ने पर्स में से निकालकर एक डायरी अशेष को दी, "पिछले कुछ दिनों में कुछ लिखा है—इसे पढ़ना।"

अशेष ने पन्ने पलटकर देखा, करीब चालीस-पचास पृष्ठों पर अनु ने बहुत बारीक अक्षरों में लिखा था। "यहां मेरे सामने एक शब्द भी नहीं पढ़ना, नहीं तो छीन लूंगी।' अनु बोली।

अशेष ने डायरी अपने थैले में रख ली।

दोनों घास के लान पर बैठे रहे ; उठे तो अनु ने कहा, "एक पंक्ति मुझे याद आती है—ट्रेव्लर, मस्ट यू गो ?"

"तुम्हारी आज्ञा से जा रहा हूं।"

"जाओ, भगवान तुम्हें सफलता दे और अच्छी खबर लेकर आना।"

"धन्यवाद।"

अनु ने एक बार धीरे से अशेष का हाथ छुआ और मुड़कर चल दी। अशेष उसे पार्क के प्रवेशद्वार से जाता देखता रहा, फिर सिर झुकाकर बस-स्टेशन की ओर चल दिया।

कैप्टेन राजन ने अपने ब्रिगेडियर को विदाई पार्टी दी थी जिसे कि संयुक्त राष्ट्रसंघ ने एक अन्तर्राष्ट्रीय शान्ति सेना का कमाण्डर नियुक्त किया था। उसने अपने क्वार्टर मास्टर को लगभग एक सौ मित्रों और सहकारियों को निमन्त्रित करने को कहा था और कार्ड भेज दिए गए थे।

अनु को बड़ा आश्चर्य हुआ जबकि उस पार्टी में सहगल को उसने देखा। उसने अपने जीजाजी और दीदी से पूछा कि उसे क्यों बुलाया गया था, तो उन्होंने अनभिज्ञता प्रगट की। जब क्वार्टर मास्टर से पूछा गया तो उसने कहा कि कैप्टेन के मित्रों की जो सूची उसे दी गई थी, उसमें सहगल का भी नाम था। अनु ने तो कहा कि यदि सहगल पार्टी में होगा तो वह उसमें सम्मिलित नहीं होगी परंतु उसकी बहन और जीजा ने समझाया कि निमन्त्रित अतिथि को निकालना सभ्यता व प्रतिष्ठा के प्रतिकूल होगा और अनु को उसका सामना बहादुरी से करना चाहिए।

आरम्भ में तो पार्टी साधारणतया बहुत मज़े में चलती रही, परन्तु धीरे-धीरे सहगल ने अपने कुछ मित्रों का एक गुट बना लिया और व्हिस्की के गिलास हाथ में लिए वह दल ऊंचे स्वर से बातें करने लगा, जिसमें अनेक संकेत अनु की ओर थे, "तुम्हारी मिसेज़ तो आजकल बड़ी स्मार्ट हो रही हैं डाक्टर ?"

"इण्डियागेट तो आजकल लवर्ज़ पैरेडाइज़ बना हुआ है।"

"डाक्टर, तुमपर नावल कब लिखा जा रहा है ?"

ऐसे तरह-तरह के फिकरे अनु, कृष्णप्रिया और राजन के कान में पड़े।

एक बैरिस्टर ने तो यहां तक हिम्मत की कि अनु से ही कह दिया, "मिसेज़ सहगल, मैं कई बार रुड़की गया, आपके दर्शन नहीं हुए।"

अनु अब तक चुप थी, परन्तु जब उससे सीधा पूछा गया तो उसने कहा, "यदि आपको मेरे बारे में कुछ पूछना है तो मेरे पिताजी से पूछिए।" उस कहने के ढंग से ही बैरिस्टर साहब का मुंह बंद हो गया और वह झेंपे-से एक अन्य व्यक्ति के पास चले गए।

अनु देख रही थी कि डाक्टर सहगल का ग्रुप बराबर कुछ घुस-फुस कर रहा था और बार-बार उसकी ही दिशा में देख रहा था। अंदर ही अंदर वह फुंक रही थी परन्तु बहन और बहनोई की इज्ज़त का खयाल करके चुप थी।

एक बार वह लान से बैठक की ओर गई थी, नौकर को और सोडे की बोतलों का प्रबन्ध करने को कहने के लिए, तो उसने पाया कि सहगल वहां था, अपने किसी मित्र के साथ।

"कहिए मिसेज़ सहगल, हमसे कुछ नाराज़ हैं ?" सहगल के साथी ने कहा।

अनु ने कोई उत्तर न दिया, वह पास से निकलकर जाने लगी।

"आपने जवाब नहीं दिया ?"

"आपको क्या जवाब चाहिए ?" अनु ने बहुत रूखे स्वर में कहा।

"आपको मिस्टर सहगल के साथ मैंने नहीं देखा, मिसेज़ सहगल ?"

"आप यदि मुझसे कुछ कहना चाहते हैं तो मुझ मिसेज़ सहगल न कहें।"

सहगल ने त्योरी चढ़ाकर कहा, "तुम्हारा क्या मतलब है ? ये मेरी इन्सल्ट है।"

"यदि आप दूसरे को अपमान करेंगे तो आपको भी सहना पड़ेगा।" कहकर अनु चली गई। अंदर जाकर उसने नौकर को भेज कर कृष्णा को बुलवाया, "दीदी, इन लोफरों की पार्टी में मैं एक मिनट भी नहीं ठहर सकती। मैं जा रही हूं।"

"कुछ बता तो ?"

"कुछ लोग मेरा अपमान करने पर तुले हुए हैं"—

"बात क्या हुई ?"

अनु ने बताया कि उसके प्रति कैसे-कैसे कटाक्ष किए जा रहे हैं। तो कृष्णा ने कहा, "अब कोई कुछ कहे तो उसके एक रसीद कर देना।"

"फिर तुम न कहना !"

"नहीं कहूंगी, तुझे खुली छुट्टी है, मेरे घर में तेरा अपमान हो, यह मुझे भी सहन नहीं होगा। तू ठहर जा, पार्टी में चल, अब मगर कोई कुछ कहे तो मुझे बताना, तेरे जीजाजी ही उसे ठीक कर देंगे।"

अनु कृष्णा के साथ फिर शामियाने के नीचे आ गई थी।

थोड़ी ही देर में फिर अवसर आ गया। वही जिसने बैठक में अनु से बात की थी, उसने अनु के पास से निकलते हुए फिर कहा, मिसेज़ सहगल, मिस्टर सहगल आपको बुला रहे हैं।"

अनु सहगल के पास चली गई, उसने अपने उस रोष—उद्वेग को दबाने में सफलता पा ली थी, "मुझे बुलाया है ?"

"बुलाया है तो क्या हुआ, मैं तुम्हारा खाविन्द हूं।"

"क्या काम है ?"

"मेरे साथ रुड़की जाने को तैयार हो जाओ।"

"आप क्या चाहते हैं? इतने लोगों में सुनना चाहते हैं ?"

"हां, यह सब मुझसे पूछते हैं कि मेरी वाइफ मेरे साथ क्यों नहीं रहती।"

"मेरा कोई भी रिश्ता ऐसे व्यक्ति से नहीं हो सकता, जिसमें मनुष्यता नहीं।"

कहकर अनु तेज़ी से चली आई और जहां कृष्णा और राजन खड़े थे, उनके पास जा खड़ी हुई।

सहगल का पशु पूर्णतया जाग चुका था, उसने छ: पैग व्हिस्की के पी लिए थे, उससे आंखें लाल हो गई थीं, घनी बनमानस-सी भंवों के बाल खड़े हो गए थे, संकरे माथे पर तीन-चार बल पड़ गए थे। उसने बालों-भरी बांह से कमीज़ को और ऊपर को खिसकाया और अनु के पीछे-पीछे आया।

सहगल चिल्लाया, कैप्टेन राजन, मेरी डायरेक्ट इंसल्ट की गई है, मैं इसे बरदाश्त नहीं कर सकता !"

कृष्णा ने राजन को कुछ बता दिया था, उसने पूछा, "क्या हुआ ?"

"अनुराधा ने मुझे इंसानियत से गिरा हुआ कहा है, मैं इसे दिखा दूंगा कि हैवान कैसा होता है।"

"तब तो इसकी बात सिद्ध हो जाएगी।" राजन ने कहा और खिलखिलाकर हंसते हुए सहगल की बांह पकड़ी और एक ओर ले जाने का प्रयत्न करते हुए कहा, "फिज़ूल सीन न बनाओ, खाओ-पिओ, घर के मामले शान्ति से सुलट सकते हैं।"

"मेरा हाथ छोड़ दो, मैं अभी फैसला करूंगा, दस आदमियों के बीच में।" राजन का हाथ झटकते हुए सहगल ने कहा।

राजन का जबाड़ा सख्त हो गया था। उसने सख्ती से सहगल की बांह पकड़ी और कहा, "ऐसा नहीं होगा।"

"होगा, ऐसा ही होगा।" सहगल चिल्लाया। कुछ लोग बीच-बचाव करने को आगे बढ़े, इससे पहले ही राजन ने सहगल के जबाड़े पर एक सधा हुआ मुक्का जड़ दिया और अपने नौकरों को पुकारा, "सैम, नज़ीर, इसे ठुड्डे मारकर बाहर निकाल दो। रास्कल !"

सहगल को जब दो-तीन नौकरों ने और राजन के अधीन कुछ सैनिकों ने पकड़कर बाहर निकाल दिया तो वह कुछ देर फाटक के बाहर खड़ा गन्दी-गन्दी गालियां और धमकियां देता रहा, फिर उसके दो-एक साथी उसे वहां से ले गए थे।

पार्टी फिर सामान्य रूप से चलने लगी, केवल राजन ने उस शाम कुछ अधिक पी।

रात अनु वहीं रही थी और राजन ने उसे आश्वासन दिया था, "तुम दुःखी न हो अनु, मैं उस बदमाश का इलाज कर दूंगा। अब तुम्हें उसे तलाक देने की दरखास्त देनी ही होगी।"

अनु जिस बात से इतने दिन घबराती रही थी, अब उसने समझ लिया कि वही एकमात्र रास्ता था, तलाक का, जिससे वह सहगल से छुटकारा पा सकती थी।

"**आ**जकल क्या कर रहे हो रोशन ?" डाक्टर सहगल ने कौशल्या के भाई रोशन से पूछा। रोशन हस्पताल में अपने एक मित्र को लेकर उसका रक्त टेस्ट कराने के लिए डाक्टर के पास सिफारिश करने गया था।

"ऐसे ही हूं जनाब।"

"बेकार हो ? मुझे शाम को घर पर मिलना, मैं तुम्हें एक काम दिला दूंगा। बहुत अच्छा काम है।"

"बहुत मेहरबानी होगी साहब।"

"तुम्हारी बहन आजकल क्यों नहीं आ रही ? आजकल तो बहुत इम्पोर्टेंट क्लासिज़ चल रही हैं।

"उसकी तबीयत कुछ खराब है।"

"रुड़की में तो मुझसे अच्छा डाक्टर उसे और मिलेगा नहीं, मुझे मिले तो सही।"

"आप आकर देख जाइए न, उसका दिल नहीं करता कहीं भी जाने को।"

"अच्छा देखा जाएगा, तुम शाम को तो आना।"

यह बात कैप्टेन राजन की पार्टी से अगले दिन की है।

शाम को जब रोशन सहगल के यहां पहुंचा तो सहगल अपनी बैठक में बैठा

था, पी रहा था। अभी उसने दूसरा ही पैग लिया था, "आओ रोशन, बड़े वक्त पर आए, बैठो। पीते हो?"

"जी नहीं तो ?"

"पीते हो, कभी-कभी। तुम्हारी आदतें बताती हैं कि कभी-कभी ज़रूर पीते हो; वो सामने जो मेज़ है, उसकी दराज से एक गिलास निकाल लो।"

"साहब फिर कभी..."

"नहीं, आज ही।" रोशन को गिलास देते हुए सहगल ने कहा, "तुम्हें पता है मैं तुम्हारी सारी फैमिली का कितना खैरख्वाह हूं।"

"जी जनाब।"

और सहगल ने उसे अशेष और अनुराधा के नाजायज सम्बन्ध के बारे में कुछ सुनी-सुनाई और कुछ कल्पित कहानियां सुनाईं और साथ ही कहा कि कौश के उदास और परेशान रहने की वजह यही है कि वह यह सब जानती है। इसीलिए वह अपने बेवफा पति के साथ नहीं जाना चाहती।

रोशन को बहुत दिन से पीने को नहीं मिली थी, फिर इतनी बढ़िया विलायती शराब का उसने सिर्फ नाम ही सुना था, मुंह से भी नहीं लगाई थी। दो पैग वह पी चुका था और तीसरा उसने बेतकल्लुफी से अपने-आप बोतल उठाकर डाल लिया था।

"ऐसी बात है तो मैं अपनी बहन की ज़िन्दगी से खेलनेवाले को जान से मार डालूंगा। उसने समझ क्या रखा है। रुड़की से बाहर उसकी लाश ही जाएगी।

"क्या मतलब ?"

"आज वो यहां आया हुआ है।"

"क्या करने आया है ?"

"बहन को लेने आया है। कहता है या तो वो उसके साथ चले, वहीं तो डौली को ले जाएगा।"

"बदमाश को घर से धक्के देकर बाहर निकाल दो।"

"अभी जाता हूं, साहब। अच्छा किया आपने मुझे बता दिया।"

कहकर रोशन नशे में झूमता और मन ही मन अशेष की हड्डीपसली

तोड़ देने का संकल्प करता हुआ घर आया, परन्तु वहां आने पर उसे निराशा हुई। अशेष डौली को लेकर जा चुका था। पिताजी घर पर थे नहीं, मां और कौश थी—अशेष को जब कौश ने साफ मना कर दिया कि वह कोर्स पूरा होने से पहले नहीं जा सकेगी तो अशेष ने उसकी मां को अपना स्वप्न सुनाया। मां ने जब देखा कि जिस रात डौली रात को सोते-सोते अपने पिता को याद करके चीखी थी, उसी रात अशेष को भी स्वप्न आया था, ठीक उसी समय, तो बड़ा आश्चर्य हुआ और उसने कहा, "ले जाओ, तुम्हारी बेटी है। उसका भी जी भटक रहा है।"

कौश ने मना न किया। वह डौली के अपने प्रति व्यवहार से परेशान थी और अन्दर ही अन्दर वह अपनी समस्या से भी। उसने सोचा कि डौली के न होने पर वह अपनी समस्या का निवारण सरलता से कर लेगी।

वायदे के मुताबिक रोशन फौरन लौटकर सहगल के पास गया और उसने अशेष के डौली को ले जाने का समाचार सुनाया।

डाक्टर ने कहा, "रोशन, एक काम तुम्हें करना पड़ेगा, अगर तुम अपनी बहन की ज़िन्दगी बनाना चाहते हो।"

"बताइए मैं सब कुछ करने को तैयार हूं।"

"मैं तुम्हें दो सौ रुपये दूंगा अगर तुम एक काम कर सको। तुम रुपये लेकर दिल्ली चले जाओ। एकाध बार तो अपनी भानजी को देखने के बहाने अपने बहनोई के घर जाना और देखना कि वो अपनी चीज़ें कहां-कहां रखता है। मुझे पता चला है कि अनुराधा और उसके बीच चिट्ठी-पत्री चलती है। किसी तरह अगर तुम अनुराधा के हाथ की चिट्ठियां मुझे लाकर दे दो तो मैं तुम्हें पांच सौ और दूंगा।"

रोशन जो तीन महीने से बेकार था दो सौ रुपये के नोट जेब में पड़ने से और पांच सौ और पाने की कल्पना से ज़मीन से ऊंचा-सा उठने लगा था।

"देखो, जल्दबाज़ी से काम न लेना, बहुत सावधानी से यह काम करना होगा।"

"आप बेफिक्र रहिए।"

"अगर और ज़रूरत पड़े तो मुझे लिख देना, भेज दूंगा।"

"लिखना क्या है, पचास और दे दीजिए, बस सारा काम कर दूंगा।"

ढाई सौ जेब में डाले रोशन दिल्ली जाकर एक बार 'मौजमहल' में तन्दुरी मुर्ग-मुसल्लम खाने की कल्पना करता हुआ लौट आया था।

अपने 'पिताजी को देख डौली की खुशी उसके अन्दर नहीं समाई थी। वह अशेष की गोद में चढ़कर बैठ गई थी, कभी उसके गले में बांहें डालती, कभी उसके गालों पर, आंखों पर, उसके हाथ पर, उसके कुरते की बांह पर चुम्बन करती, कभी गोद में गुड़ीमुड़ी मारकर लेट जाती, कभी उसे वह गुड़िया लाकर दिखाती जो कौश उसके लिए मसूरी से लाई थी।

और जब अशेष ने पूछा, "डौली, मेरे साथ दिल्ली चलेगी ?" तो वह उसकी उंगली पकड़कर अपने कपड़ों की अटैची हाथ में लेकर ठुमकती हुई, मुस्कराती हुई, अपने काले घुंघराले बालों को झटका-सा देती उसके साथ चल दी थी।

अशेष को जैसे अपनी खोई हुई दुनिया मिल गई थी—उसके जैसे सारे अभाव पूरे हो गए थे। उसे गोद में उठाए हुए वह बस के अड्डे पर आया था, और करीब सात बजे दिल्ली।

अपने कमरे की ओर जाते हुए उसने एक नज़र अनु के कमरे की खिड़की की ओर देखा था। अनु वहां नहीं थी, परन्तु हरिया मिल गया था।

"अरे गुड़िया को ले आए बाबू ? बीबीजी कहां हैं ?"

"डौली को ही लाया हूं हरिया, उसकी मां अभी कुछ दिन में आएंगी।"

"बड़ा अच्छा किया, आपका दिल भी नहीं लगता था। कैसी सोहनी है गुड़ियारानी। मैं इसे कंधे पे बैठाके घुमाने ले जाया करूंगा, हां ! चलेगी न मेरे

साथ ?"

"क्यों न चलेगी, तुम्हारी पोती जो है।" अशेष ने कहा।

"मेरी पोती ! तुमने कैसी बात कह दी बाबू। भगवान तुम्हें दुनिया का राज दे।" आंखों में आंसू, भर्राए गले से बूढ़े हरिया ने कहा।

"चाय पीने आओ न बाबा ? अभी आध घंटे में बनाता हूं। मेरे साथ चाय पीए तुम्हें कितने दिन हो गए।"

"कोई बाज़ार का काम हो तो बताओ, बिटिया को लिए कहा जाओगे।"

"हां, एक सेर-भर दूध लेते आना।" पैसे निकालते हुए अशेष ने कहा।

"नहीं भय्याजी, अपनी पोती के लिए सेर-भर दूध भी नहीं ला सकूंगा ! तुमने कैसी बात कह दी।" दो बूंदें हरिया के गालो पर टपककर झुर्रियों में अटक रही थीं।

घर जाकर हरिया ने अनु को बताया कि अशेष डौली को ले आया था, "अनु बीबी, हमारे बाबू का कैसा गंगाजल-सा साफ दिल है, फिर भी वो कभी-कभी दुखी क्यों दीखते हैं ?"

"अच्छे आदमियों पर तकलीफें आती ही हैं, यही भगवान का कुछ अजीब-सा न्याय है।"

"मुझे उन्होंने चाय पीने को बुलाया है।"

"ज़रूर जाओ। उनका कोई काम हो तो कर देना, मम्मी को मैं कह दूंगी।"

"भगवान तुम्हें सुखी रखे।" आशीष देता हुआ हरिया दूध लेकर अशेष के कमरे पर पहुंचा तो उसने देखा कि चाय बन चुकी थी और डौली चटाई पर बैठी अपने खिलौने सजा रही थी, "जे छब थिलौने मेले लिए लाए हो ?"

"हां डौली, तेरे लिए। मेरी तो एक ही डौली है, तेरे ही लिए लाया हूं। कल तुझे बाज़ार ले चलूंगा, फिर ढेर सारे और ले आऊंगा।" हरिया ने बाहर से ही सुना था।

अशेष ने दूसरी चटाई हरिया के लिए बिछा दी थी, वह उस पर बैठा टुकुर-

टुकुर डौली को अपनी गुड़िया का फर्नीचर लगाकर मेज़ पर छोटे-छोटे बरतन सजाते देख रहा था और इस कल्पना से कि यदि उसका गनेशी होता तो उसकी भी ऐसी गुड़िया-सी एक बिटिया होती और वह ऐसे ही उसके सामने बैठी खेला करती, वह फिर मौन बैठा आंसू ढुलका रहा था।

"बाबा।"

"हां बाबू ?"

"पकौड़े खाओगे ? डौली को आलू के पकौड़े बहुत अच्छे लगते हैं।"

"बिटिया को पसन्द हैं तो बना लो।" आंसू पोंछते हुए हरिया ने कहा।

कुछ देर में हरिया ने पूछा, "तुम्हारे पिताजी कहां रहते हैं, बाबू ?"

"वो, बहुत दिन से रामजी के यहां रहते हैं, बाबा। मुझे तो उनकी शकल भी याद नहीं। मुझे लगता है तुम्हारी जैसी ही होगी। सुना है वो भी बहुत भावुक थे, तुम्हारी ही तरह ज़रा-ज़रा-सी बात पर गंगा-जमना बहाया करते थे।"

"तुम कैसी-कैसी बातें कहते हो, बाबू ! कहां राजा भोज, कहां गंगवा तेली।"

"अब तो तुम हमारे दादा हो। बाबा बाबा ही होता है, न वो राजा भोज होता है, न गंगवा तेली।"

हरिया को अपने पोपले मुंह से बिस्कुट पपोल-पपोलकर चाय के घूंट के साथ निगलते देख डौली बड़ी ज़ोर से हंस पड़ी थी, "पिताजी, बाबा के दांत नहीं ?"

"नहीं बिटिया, हमारे दांत कौवा चुग गया था।"

"तव्वा तुग गया था ?"

"हां, एक दिन हम खुले में मुंह खोले सो रहे थे तो कौवा चावल समझकर चुग गया था।"

"तावल थमज ते ?"

"हां, तावल थमज ते !" कह बूढ़ा बड़ी ज़ोर से हंसा था।

चाय, बिस्कुट और पकौड़ियों का नाश्ता करने के बाद अशेष को

खाना बनाने की तो ज़रूरत थी नहीं, डौली अपने खिलौनों से खेल रही थी। कुछ देर वह उसके साथ खेलता रहा, फिर पलंग पर लेटकर सोचने लगा कि कौश बहुत उदास और हारी-थकी-सी थी। वह आना क्यों नहीं चाहती ? मैंने उसे बताया भी था कि मुझे एक सौ की ट्यूशन मिल गई है और पांच-सात दिन में दूसरे उपन्यास का पांच सौ मिल जाएगा, अब आशा है पैसों का उतना अभाव नहीं रहेगा। फिर यदि वह चाहे तो दिल्ली में भी उसकी ट्रेनिंग की व्यवस्था की जा सकती है। तो क्या सहगल के साथ उसके मसूरी जाने की और उसके सम्पर्क में अधिक रहने की कहानियां ठीक हैं ? रुड़की का कवि हरिवल्लभ जब पिछले सप्ताह साहित्य-गोष्ठी में मिला था तो उसने इशारे-इशारे में कई बातें कह डाली थीं। मैंने उसे प्रोत्साहन नहीं दिया, अन्यथा उससे कुछ और विस्तार से पता लगता। छीः, मैं कैसी बातें सोचने लगा। कौश ऐसी नहीं है—केवल उसकी आर्थिक महत्त्वाकांक्षाएं कुछ अधिक हैं, वह बंगले-कोठी के स्वप्न देखती है, टेबल पर खाना-चाय आ जाए, वह भी पर्स में नोटों का बंडल डालकर सहेलियों के साथ शापिंग पर जाए। फिर उसकी सोसायटी ही क्या थी ? न कहीं आना, न जाना, बेचारी कमरे की चारदीवारी में बन्द पड़ी रहती थी। उसका दिल भी कैसे लगता ? अब आएगी तो उसे अनु और उसकी बहन से मिलवाऊंगा। वे उसे सिर-आंखों पर रखेंगी। अनु उसकी उदासी दूर कर सकती है। परन्तु अनु ? और सहगल ? अनु का क्या बनेगा—तलाक की बात तो वह सोचना भी नहीं चाहती...” सोचते-सोचते उसने देखा कि डौली को जम्हाई आ रही थी। उठकर उसने डौली को गोद में उठा लिया, “चलो, छत पर घूम-घूमके गाना गाएंगे।” डौली ने अशेष के गले में बांहें कस ली थी और उसके गले से मुंह सटा दिया था।

“आज तो मुझे वो गाना सुना दे—डम-डम डीका-डीका !”

“छुनाऊं ?”

“सुना।”

और डौली गाने लगी—

“दम-दम दीका-दीका,
मैं तो पिया, मैं तो पिया।
आए अद्दा............”

और अशेष को बहुत अच्छा लगा। कुछ देर तक डौली ‘डम-डम डीका-डीका’...‘तिमतिम कते तारे’...‘चली-चली ले पतन्न, चली-चली ले...’ आदि गाने सुनाती रही, फिर उसे नींद आने लगी थी, “अब तुम दाओ।” उससे कहा और अशेष गाने लगा, “आजा री निंदिया तू आजा ज़रा, डौली को मेरी सुला जा ज़रा।” और कुछ ही देर में डौली सो गई थी। पहले भी वह इसी प्रकार छत पर घूम-घूमकर डौली को सुलाया करता था और तब उसे भी नींद आने लगती थी। पिछले दिनों एकांत में उसे काफी-काफी देर तक नींद नहीं आती थी, आज वह उसका कारण समझा।

बत्ती बुझाकर जब वह डौली के पास लेट गया तो एक बार बड़ी प्रबल इच्छा हुई कि कौश उसके पास होती तो वह उसके दिनभर के थके हाथों की उसी प्रकार धीरे-धीरे उंगलियां चटखाता, जैसे प्रायः कौश सोने से पहले एक बार उसकी ओर अपना हाथ बढ़ा दिया करती थी।

रोशन दिल्ली आकर अपने एक दोस्त चन्द्रभान के पास ठहराथा।

चन्द्रभान का बचपन रुड़की में ही बीता था और मैट्रिक तक रोशन के साथ ही पढ़ा था। एफ०ए० करने के बाद रोशन ने तो रुड़की म्युनिसिपैलिटी में क्लर्क की नौकरी पा ली थी। उसके पिता वहां हैड क्लर्क थे। साल-भर बाद चन्द्रभान भी वहां क्लर्क लग गया था और बहुत जल्दी उसने म्युनिसिपैलिटी में आमदनी बढ़ाने के तरीकों को सीख और अपना लिया था। जब वह हाउस टैक्स विभाग में लगा, तो उसकी ऊपर की आमदनी कम से कम सौ रुपये महीना होती थी। रोशन जो चुंगी में था, उसे भी चन्द्रभान ने

कुछ गुर बताए और दोनों की दोस्ती बढ़ गई, यहा तक कि साथ खाना-पीना भी होने लगा।

चन्द्रभान जब रुड़की आता था तो रोशन के साथ उसकी महू फिलें जमती थीं। अब वह दिल्ली में पी० डब्ल्यू० डी० में स्टोर्ज़ का हेडक्लर्क था, इसलिए रुड़की आने पर वह अपने पुराने मित्र के लिए हमेशा एकाध बोतल खोल दिया करता था, क्योंकि रोशन की आमदनी कुछ अनिश्चित थी।

दिल्ली आने पर रोशन ने भी एक अद्धा लिया और चन्द्रभान के यहां पहुंच गया। मौका ऐसा हुआ कि रोशन का परिवार नहीं था—अब तो दोस्तों की बन आई।

तीन दिन तो उनके खाते-पीते ही बीत गए। चन्द्रभान जब दफ्तर चला जाता था तो रोशन सो जाता था, रात की खुमारी को बुझाता था और शाम को जब उसका मित्र आता तो हंडिया रंधी मिलती थी, गिलास भरे मिलते थे और दोनों बैठ जाते थे। रोशन ने अपने मित्र को सहगल और अनु के बारे में, यहां तक कि अपनी बहन और अशेष की अनबन के बारे में भी बता दिया था।

तीन दिन बाद जब रोशन की जेब से सौ का एक पत्ता सफा हो चुका था तो उसे याद आया कि वह किस काम के लिए दिल्ली आया था।

चन्द्रभान का मकान देवनगर में था। वहां से बाईस नम्बर पकड़कर रोशन छोटे पटेलनगर पहुंचा और कुछ ही देर में अशेष के मकान पर जा पहुंचा। उस समय अशेष बरतन मांज रहा था, दिल ही दिल में उसे ऐसा हीन काम करते देख रोशन को खुशी हुई। पहले उसने अपने बहनोई के प्रति कभी भी बुरा नहीं सोचा था। जब उसका उपन्यास आया था तो उसने न जाने कितने लोगों को दिखाया था कि उसका बहनोई कितना बड़ा आदमी था, लेकिन अब जो सहगल के रुपये उसकी जेब में गरमी पैदा कर रहे थे, वह अशेष को एक दुश्मन मानने लगा था। फिर भी दिखावे के लिए नमस्ते करके बैठने के लिए उसने कहा, "मैं कुछ मदद करा दूं जीजाजी ?"

अशेष ने मुस्कराकर कहा, “अभी आपकी मदद की ज़रूरत पड़ेगी जब आपको केतली-भर चाय पीनी पड़ेगी। कैसे आना हुआ भाई साहब ?”

“दिल्ली कुछ काम था। सोचा डौली को देखता चलूं।”

“बड़ा अच्छा किया ! घर पर तो सब स्वस्थ हैं ?”

“भगवान की दया है।” वह कौश के बारे में कुछ कहना चाहता था, परन्तु रुक गया और उसे अपना काम याद आया। बिना मीठा बने उसे अपने काम में सफलता नहीं मिलेगी, यह वो जानता था।

“सामान कहां है ?”

“एक मित्र के यहां रखा है, यहीं पास ही रहते हैं।”

“चन्द्रभानजी के पास ही ठहरे होगे, आपके पुराने मित्र हैं।”

“हां, वहीं।” रोशन कह तो गया, परन्तु पछताया कि उसने पता क्यों बता दिया।

दो बार अशेष के यहां जाने पर भी रोशन को कोई अवसर न मिला कि वह कागज़-पत्रों की तलाशी ले सकता।

इसी बीच एक बार, जब अशेष रोशन और डौली खाना खा रहे थे, हरिया आया था और अशेष ने डौली के मामा का उसे परिचय दिया था। एक रात जब हरिया अपने दूर के एक रिश्तेदार के पास, जोकि देवनगर में एक बंगाली के यहां मोटर ड्राइवर था, गया हुआ था, तो उसने गैरेज के सामने खाट पर बैठे-बैठे, सामने के मकान की खिड़की में रोशन को चन्द्रभान के यहां खड़े देखा था और अपने परिचित, उस ड्राइवर से पूछा था तो पता चला था कि सामने वाला बाबू और उनका मेहमान रोज़ रात को पीते थे और बड़ी रात तक बैठे ऊंचे-ऊंचे बातें किया करते थे।

एक दिन अशेष को अकेले देखकर हरिया दे जो सुना था उसे बताया तो अशेष ने कहा था, “हमें क्या बाबा ? हम किस-किसको रोक सकते हैं।”

तीसरी बार जब रोशन गया तो उसने स्वयं अवसर निकाला। सिरदर्द का बहाना करके वह पलंग पर लेट गया था। अशेष से उसने कहा कि उसे कुछ बहुत ज़रूरी पत्र लिखने थे, क्या वह उसे कुछ कार्ड लिफाफे ला देगा।

उसे पता था कि डाकखाना वहां से काफी दूर था, लौटने में कम से कम आध घण्टा लगेगा और डौली भी साथ होगी, इसलिए उसे घर की तलाशी लेने में काफी समय लगेगा।

अशेष को जब उसने सड़क पर डौली को गोद में लिए जाते देख लिया तो उसने आकर जल्दी से दरवाज़ा अंदर से बंद कर लिया। दरवाज़ा और खिड़की बन्द करने पर जब उसने पाया कि रोशनी कम थी तो उसने बत्ती जला ली और जल्दी-जल्दी ड्रेसिंग टेबल की दराजें, ट्रंक, थैला, बिस्तर, पलंग के नीचे रखी बास की टोकरी आदि सभी देख डाला—एक-एक पुस्तक, एक-एक कागज़, रजिस्टर और फाइल को देख डाला, परन्तु अशेष की कुछ पांडुलिपियों, प्रकाशकों व कुछ साहित्यिक मित्रों के पत्रों, कुछ कौश के पोस्टकार्डों के अतिरिक्त कुछ न दिखाई दिया। अनुराधा के हिन्दी लेख का नमूना उसे सहगल ने दिखाया था, मोती से टंके, एक-से अक्षर। उनमें वैसा कोई भी लेख उसे न मिला। अलमारी में कुछ कपड़े टंगे थे, उनमें उसने अशेष की एक वास्कट देखी, वह उसे उतारने ही लगा था कि उसे बाहर कुछ खटका-सा सुनाई दिया, वह दम साधकर बैठ गया, वह जानता था कि अशेष नहीं लौटा होगा। जब उसे विश्वास हो गया कि कोई खटका और नहीं हुआ तो उसने अशेष की वास्कट किल्ली से उतारी और उसमें उसे अंदर की पाकेट में एक पुस्तक-सी लगी, उसे उसने निकाला, कुछ ही पन्ने जल्दी-जल्दी उलटे थे, उसे विश्वास हो गया कि वह अनु का ही लेख था। उसकी खुशी का तो कोई ठिकाना नहीं था—उसने उस डायरी को कोट की अंदर की जेब में रखा और सब चीज़ें जैसी थीं, वैसे ही छोड़कर दरवाज़ा खोलकर, बत्ती जलती छोड़कर ज़ीना उतरा और सीधा देवनगर की ओर चल दिया।

जल्दी में रोशन नहीं देख पाया कि दरवाज़े से जिस ओर ज़ीना था, उसके दूसरी ओर, छज्जे के किनारे पर एक बूढ़ा खड़ा था, दीवार से चिपका।

हरिया ने एक बार सोचा कि वह शोर मचा दे, उसने खिड़की के एक छेद में से रोशन को अशेष की चीज़ें फफोलते और वास्कट से एक डायरी निकालकर

अपनी जेब में रखते देख लिया था।

कुछ ही मिनट में जब अशेष लौटा तो हरिया ने अशेष को वह सब बताया जो उसने देखा था, "साले-बहनोई का मामला था, इसलिए मैं कुछ न बोला, बाबू, वर्ना उसका टेंटुआ दबा देता।" अशेष के चेहरे का रंग फक्क पड़ गया था, इसे हरिया ने देखा।

"गज़ब हो गया बाबा, वह तो अनु की डायरी थी, उसने मुझे पढ़ने को दी थी। उसे लेकर वह सहगल के पास जाएगा—अब मैं समझा वह यहां क्या करने आता था।"

हरिया सहगल से इतनी घृणा करता था, जितना शायद दुनिया में किसीसे नहीं करता था। उसने उसकी अनु बीबी का दिल दुखाया था। उसकी जंगली रीछ-सी शक्ल-सूरत देखकर ही हरिया के आग लग जाती थी। घर के सब राज़ हरिया को मालूम थे और पिछले कुछ दिन हुए जब सहगल और अनु की बातें हुई थीं, वह भी उसने बैठक के एक दरवाज़े के पीछे खड़े होकर सुनी थीं। घर में उससे कोई भी कुछ छिपाता नहीं था। वह अनु और अशेष के स्नेह को भी जानता था और उसे वह बिलकुल भी अनुचित नहीं लगा था, क्योंकि उसे अपनी अनु बीबी पर जितना विश्वास था, अपने गनेशी के स्थानापन्न अशेष पर भी उतना ही, क्योंकि अब वह भी उसे अपना बेटा मानने लगा था।

"तुम फिकर न करो बाबू, मैं इसका प्रबंध कर दूंगा। तुम गुड़ियारानी को लेकर घर बैठो—इसे लिए कहां जाओगे और अकेली ये रहेगी नहीं। तुम्हारा बाबा जान भी देके तुम्हारी चीज़ तुम्हें लाके देगा।"

"कैसे लाओगे, बाबा? वह तुम्हें क्यों देगा।"

"तुमसे उसने कैसे ले ली, मैं भी वैसे ही ले आऊंगा। तुम फिकर न करो—" कहता हुआ बूढ़ा इस तेज़ी से ज़ीने से उतरकर देवनगर की ओर चला जा रहा था, जैसे कभी वीरकाल में, राजपूतों के स्वामीभक्त वृद्ध सेवक अपने स्वामी के लिए जान हथेली पर रखकर निकल पड़ते होंगे। हरिया जिसके कन्धे सदा झुके रहते थे और गर्दन झुकी रहती थी, इस समय उसका सीना तना

हुआ था, बाज़ू कुछ फैल गए थे, लम्बे-लम्बे डग मारता हुआ चला जा रहा था—जैसे किसी मोर्चे की ओर, और उसके मन में एक ही बात बराबर उठ रही थी, "अशेष बाबू और अनु बीबी की इज़्ज़त को न रख सक तो लानत है तेरी ज़िन्दगी पर हरिया !"

शाम को करीब छः बजे जब अशेष अनु के घर गया तो उसका जी बहुत भारी था। अनु के सामने जाते उसका मन कांप रहा था परन्तु वह उसे बताना अवश्य चाहता था।

डौली ने उसकी उंगली पकड़ी हुई थी। दो-तीन दिन से डौली प्रति-दिन शाम को अपने पिताजी के साथ अनु के यहां जाती थी। अनु उसके सामने टौफी और बिस्कुटों का एक-एक डब्बा और बहुत-से खिलौने, अपनी चूड़ियों का डब्बा, श्रृंगार की चीज़ें, और भी न जाने क्या-क्या गलीचे पर उसके सामने रख देती थी और डौली 'दम-दम दीका-दीका' या कोई अन्य प्रिय गाना गाती-गुनगुनाती जाती थी और खेलती रहती थी। डौली स्वभाव की बहुत शान्त और मधुर बच्ची थी। उसे बस कुछ चीज़ें मिल जाएं तो वह घंटों खेलती रहती थी, इसीलिए तो अशेष का लिखने-पढ़ने का काम भी बिना विघ्न-बाधाओं के चलता रहता था और शाम को ट्यूशन भी।

"आज मुंह कुछ उतरा हुआ है ?" अनु ने पूछा जबकि डौली को काम पर लगाकर वह अशेष के सामने अपनी पढ़नेवाली मेज़ पर बैठ गई थी।

"एक दुर्घटना हो गई है। समझ में नहीं आता कैसे बताऊं।"

"बताओगे नहीं तो काम कैसे चलेगा ?"

और अशेष ने सब बात अनु को बता दी थी।

"अच्छा नहीं हुआ। विशेषतया जिस रूप में यह सब हो रहा है, वह अच्छा नहीं। अशेष बेमतलब को हमारी एक क़हानी बनती जा रही है—दुनिया वह

सब सिद्ध करना चाहती है जो है नहीं। एक सीधी-सादी साहित्यिक मैत्री को एक रोमांस बनाया जा रहा है, ज़रा-सी बात का अफसाना।"

"है तो कुछ ऐसा ही परन्तु प्लाट एक अच्छे-खासे उपन्यास का है—पति से अलग एक सुन्दर युवती..."

"तुम फिर यह विशेषण लगाने लगे।"

"नहीं लगाऊंगा, केवल एक युवती कहूंगा, पत्नी से नाराज़ एक पति, एक लम्बे अरसे से मायके गई हुई एक पत्नी, पत्नी से अर्से से अलग एक पति। युवती और विरही पति का परिचय, विरहिणी पत्नी और त्यक्त उस व्यक्ति का परिचय। और क्या चाहिए लोगों को।"

"तो अब तुम क्या कहना चाहते हो ?"

"कि अब यह उपन्यास जासूसी रूप लेता जा रहा है। बाबा बेचारा गया है—देखें क्या-क्या करके आता है। क्या मेरा जाकर रोशन से लड़ना-झगड़ना उचित था ?"

"नहीं। अच्छा है बाबा को सफलता मिले, आशा तो नहीं। परन्तु बाबा ज़िद का इतना पक्का है कि कुछ कर बैठे तो भी पता नहीं। अपनी हरी उमर में वह बड़ा मशहूर पहलवान और लठैत रहा है—मुझे उसके लिए डर लग रहा है। फिर हम दोनों को वह इतना प्यार करता है कि कुछ भी कर सकता है। एक बार डैडी के पीछे कुछ लोग पड़ गए थे तो उसने दो के सिर खोल दिए थे, तीन कोस पर जाकर उन्हें घेरा था।"

"डायरी यदि सहगल के हाथ लग गई तो क्या होगा ?"

"क्या होगा ? हो सकता है उसे उसमें विशेष कुछ न मिले, परन्तु हर बात का कुछ न कुछ अर्थ लगाया ही जा सकता है। मैंने उसमें अस्पष्ट स्फुट जो विचार लिखे हैं उन्हें तुमने देखा ?"

"कहीं-कहीं से देख पाया था—उनके जो अर्थ मैं निकाल सकता हूं, वह शायद अन्य न निकाल पाए। उसके शब्दों के पीछे जो संकेत हैं उनसे मैं परिचित हैं। एकाध जगह इंडियागेट का ज़िक्र है, बस वही स्थल ऐसे हैं, जिनपर वह खेल खेल सकता है।"

"यही मुझे भी डर है। लेकिन क्या डर है, अशेष, मुझे पता है, सहगल किसी न किसी बहाने मुझे बदनाम करने की कोशिश करता। अब उसे मौका मिल जाएगा। मुझे अपनी तो विशेष चिंता नहीं, परन्तु तुम्हारे लिए डर है—तुम्हारे और कौशल्या के सम्बन्ध पर इसका प्रभाव न पड़े। तुम कैसे भी उसे यहां ले आओ, फिर मेरा ज़िम्मा कि मैं उसे विश्वास दिला दूंगी कि उसे मुझसे किसी प्रकार का भय नहीं।"

"परन्तु उसे लाऊं कैसे ? उसने भी हठ कर लिया है। फिर भी प्रयत्न करता हूं। उसे एक पत्र लिखकर तुम्हारे सम्बन्ध में लिखूंगा—शायद उसकी समझ में आ जाए।"

"मैं लिखूं ? तुम ठीक समझो तो मैं लिखूं ?"

"नहीं मैं ही लिखूंगा-मेरा ख्याल है तुमसे अच्छी तरह लिख सकूंगा।"

"ठीक कहा गुरुदेव। सरस्वती के वरदानी की लेखनी में जो प्रभाव होगा, वह मुझ अनाड़िन के लिखने में कहां होगा।"

"लाओ कल वाली कहानी, अब ज़रा अपनी शिष्या की रचना का पोस्टमार्टम करूं।"

"कहते बहुत हो, पढ़ने के बाद केवल कह देते हो, बहुत अच्छी है, और लिखो।"

"आज ऐसा नहीं कहूंगा। तुम्हारी कल जो कहानी अधूरी सुनी थी। उसमें बहुत कुछ ऐसा है जिसपर कलम चलानी होगी। शुरू-शुरू में तो ज़रा बढ़ावा देना ही होता है। धीरे-धीरे तुम देखोगी कि मैं कितना कठोर शिक्षक हूं।"

"लेकिन गुरूजी, हमारी यह क्लास अब बहुत दिन नहीं चलने वाली।"

अशेष चौंका, उसने प्रश्न के भाव से अनु की ओर देखा।

"हां, मैं कहना चाहती थी, परन्तु जब तक कुछ निश्चय न हो जाए, बताना उचित न समझा। मैंने कोई दो महीने हुए परराष्ट्र विभाग की एक नौकरी के लिए एप्लाई किया था। पिछले महीने इंटरव्यू पर भी बुलाया गया। आज मुझे सूचना मिली है कि मुझे चुन लिया गया है और पूछा गया है कि विदेश जाने में मुझे आपत्ति तो न होगी।"

"तुम लिख दो, होगी।"

"क्यों ?"

"मुझसे पूछती हो क्यों ? नहीं अनु, तुम ऐसे मुझे छोड़कर न जा सकोगी।"

"मुझे जाना ही होगा। मेरे मन की शान्ति के लिए, तुम्हारे पारिवारिक सुख के लिए, सहगल के भूत से छुटकारा पाने के लिए मुझे जाना ही होगा। मुझे विश्वास है तुम मुझे मना नहीं करोगे जज शांति से, तटस्थता से सोचोगे।"

"परन्तु मैं क्यों तटस्थता से सोचूंगा। मैं भटक जाऊंगा, खो जाऊंगा। जितना सुलझा हुआ चिंतन मैं कर पाया हूं, वह सब तुम्हारा हो तो प्रेरणा है।"

"ऐसा न कहो। तुम अभी तक अपने स्वयं से अपरिचत रहे हो। तुमने स्वयं को जानने का कभी प्रयत्न ही नहीं किया, अपने मस्तिष्क को तुमने सुलाए रखा था, अपनी प्रतिभा को तुमने भुलाए रखा था—अब वह जाग गई है, तुम्हें तुम्हारा मार्ग मिलता जाएगा। फिर मैं तो तुम्हारे एक स्वप्न की कुमकुम हूं—जिसने कभी कहा था मिलेगी, मिली, और मुझे वैसे ही चले भी जाने दो, जैसे स्वप्न की कुमकुम ली गई थी।"

"परन्तु तुम तो सत्य हो।"

"सत्य कहां हूं ! केवल एक कल्पना हूं, जिसे तुमने इतना सुंदर रूप दे दिया, एक साधारण-सी लड़की हूं, जिसे तुम एक विदुषी मान बैठे हो। जो आज तुम्हें दीख रही हूं, वह सब तुम्हारी ही कृति है–इसके अतिरिक्त कुछ नहीं।"

"तुम मुझे फिर बहलाने लगीं।"

"अब तुम बहलाए जाने के प्रलोभन को छोड़ दो, कंधा झाड़कर छठ खड़े हो, एक पूर्ण पुरुष की भांति, एक वयस्क प्रौढ़ की भांति, और सफलता के अभियान पर चढ़ चलो। तुम देखोगे तुम कितने महान हो, कितने विशाल हो; इस छोटे-से दीखनेवाले व्यक्ति के दुनिया दूरबीन लगाकर देखेगी।"

"परन्तु मुझे सदा कुछ कमी-सी अनुभव होगी।"

"और इसी कमी को अनुभव करना तुम्हारे लिए वरदान होगा। स्वप्न की कुमकुम ने तुमसे उस रचना का सृजन कराया जिसने तुम्हें क्षेत्र में लाकर खड़ा कर दिया है। जाग्रत् स्वप्न की अनु तुमसे एक रचना करा सकेगी तो उसका जीवन सफल हो जाएगा। अशेष !"

"हां अनु !"

"तुम्हारे सम्पर्क में आने पर मैं एक बात मानने लगी हूं।"

"क्या ?"

"कि कुछ सम्बन्ध, कुछ मैत्रियां जन्म-जन्मांतर तक चलती हैं।"

"कि तुम मानने लगी हो, तुम भी इसे अनुभव करने लगी हो, इसे सुनकर मुझे कितनी बड़ी आशा बंध गई है।"

"आशा ?"

"हां, कि अगले जन्म में मुझे फिर अनु मिलेगी।"

"अशेष !"

"हां।"

"तुम ऐसी बातें न कहा करो।"

"क्यों न कहूं। मैं मस्तिष्क से सोचकर नहीं कहता, न इसलिए कि इससे दिल को बहलाना चाहता हूं; मस्तिष्क और हृदय जिन्हें कहते हैं, उसके अतिरिक्त भी कुछ है, आत्मा है या अन्तरात्मा, वही तुमसे बड़ा पुराना कोई सम्बन्ध अनुभव करती है।"

"तो तुम्हारी आज्ञा है कि मैं विदेश जाने की स्वीकृति दे दूं ?"

"इस स्वप्न को यहीं तोड़ देना चाहती हो ?"

"स्वप्न कहीं तोड़े से टूटता है या जोड़े से जुड़ता है। कभी-कभी स्वप्न में लगता नहीं कि वह टूटनेवाला है ?"

"लगता है।"

"बस मुझे कुछ ऐसा ही लग रहा है।"

तभी घबराई हुई महाराजिन आई, "अनु बीबी, अनु बीबी !"

"क्या बात है महाराजिन ?"

"हरिया बाबा को क्या हो गया !"

"क्या हो गया ?"

"चलो देख लो।" कहती वह वापस लौट गई।

"तम यहीं बैठो, डौली है। मैं अभी आती हूं। घबराना नहीं मैं सब सम्हाल लूंगा।"

"मैं भी चलता हूं।" अशेष ने घबराकर कहा।

"नहीं, तुम्हारा आना ठीक नहीं—बात पता नहीं क्या रंग ले ले। जब तक मैं न आऊं, तुम यहीं बैठो, मेरी कहानी पढ़ो—" धीरे से अशेष का हाथ दबाकर अनु चली गई।

कौश ने हस्पताल जाना बन्द कर दिया था, उसे हमेशा बुरे-बुरे खयाल आया करते थे। मसूरी से लौटे एक महीना हो गया था। सहगल के साथ अकेले जाने की जो मूर्खता वह लालच में आकर कर बैठी थी या अनजाने में हो गई थी उसे भुला नहीं पाई थी। हालांकि किसी अन्य के लिए शायद वह गणित के रूप में महत्त्व न रखे, परन्तु उसकी अपनी आत्मा उसे कोस रही थी। एकमात्र उसका पति था जोकि उस दिशा में यदि सोचेगा तो...

परन्तु कभी-कभी कौश को लगता था कि शायद वह भी नहीं सोचेगा; वह इतना सरल है, इतना प्यार, अटूट, निःशंक प्यार उससे उसे मिला है—अब भी यदि वह उसके पास चली जाए तो वह सब कुछ भूल जाएगा—परन्तु उसके अपने मन का भार कैसे हल्का होगा—एक टीस सदा जीवन-भर कसकती रहेगी—एक नासूर जीवन-भर रिसता रहेगा।

उसे याद आता था कि किस प्रकार उसका पति उसके ज़ुरा-सा कह देने पर कि वह थक गई थी, उसका शरीर दुःख रहा था, उसका शरीर घंटों दबाया करता था, उसे लड़-लड़कर चाय के स्थान पर दूध पीने के लिए मजबूर कर दिया करता था, स्वयं घर की सफाई और धोने को कपड़े लेकर बैठ जाया करता था, डौली उसे काम करने दे इसलिए घंटों उसे लिए खिलाता रहता था और रात में उसे

अपने ही पास सुलाया करता था, जैसे वह उसकी मां था।

जब साल-भर हुआ उसने एक समाचारपत्र में नौकरी कर ली थी तो वह उसे कहा करती थी कि उसका दिल अकेले नहीं लगता, घर का काम अकेले उससे नहीं होता, रात को जब कभी उसकी ड्यूटी लग जाती थी तो वह चिड़चिड़ाने लगती थी, कहा करती थी, 'ऐसा काम क्यों नहीं करते कि घर से जाना न पड़े ? "और एक दिन जब उसने आकर सूचना दी थी कि उसकी नौकरी छूट गई तो उसने कैसे उस खुशी में खीर-पूए बनाए थे। उसके पति ने कभी बड़े से बड़े अभावों में भी उसे ताना नहीं दिया था। वह तो कभी-कभी झुंझलाहट में कह दिया करती थी, "मुझे पता होता तुम इतने निखट्टू होगे तो तुमसे कभी शादी न करती !" परन्तु उन्होंने कभी नहीं कहा कि उन्हें मुझसे कोई शिकायत थी।

ऐसे ही दिन-रात कौश अन्दर ही अन्दर एक बावली-सी हंडिया रांधा करती थी परन्तु किसी निर्णय पर नहीं पहुंचा करती थी।

कुछ चीज़ें खाने को उसका जी करता था, कुछ को मुंह लगाने को भी नहीं करता था, कुछ प्रकार की गंधों के प्रति उसके मन में ऐसी अरुचि हो गई थी कि वह आते ही उसका मन वैसा-बैसा होने लगता था। अपनी पीर वह किसीको भी कह नहीं पाती थी।

एक शाम जब रोशन दिल्ली जाने लगा था तो उसका जी किया वह उसके हाथ कुछ पैसे भेज दे—वो कहते तो थे कि उनकी ट्यूशन लग गई है, एक और उपन्यास बिक गया है, परन्तु क्या भरोसा उन्हें कुछ मिला भी हो कि नहीं, फिर अब तो डौली भी उनके पास है। पिछली देनदारियां ही कम से कम सौ की वह आते हुए छोड़ आई थी, फिर मकान का किराया भी तीन महीने का नहीं दिया था। उसका दिल किया, वह कम से कम दो-ढाई सौ भेज दे, परन्तु फिर जब उसे अपनी मुसीबत का खयाल आया तो उसने सोचा, न जाने क्या ज़रूरत पड़ जाए।

रोशन के जाने के तीन-चार दिन बाद, एक दिन सुबह-सुबह अचानक सहगल की मोटर मकान के सामने आकर रुकी थी और परिचित हार्न उसने सुना था। वह सामने के कमरे में ही थी, उठकर झानदर चली गई थी। सहगल

से उसे घृणा हो गई थी, उसके सीधे-सादे जीवन में ज़हर घोलनेवाला वही तो था। हार्न जब दुबार चीखा तो कौश की मां ने पुकारा, "कौशी, देख, तेरे डाक्टर साहब छाए हैं।"

"तुम जा के कह दो मेरा जी ठीक नहीं।" अनु ने कहा और नहाने चली गई थी।

"नमस्ते माताजी, इधर से जा रहा था, सोचा माताजी को पालागन करता चलूं।"

"बड़ा अच्छा किया। चाय पीएंगे ?"

"नहीं, आपके ही आशीर्वाद से सब मुझे मिलता है। कौशल्य की तबीयत कैसी है, उसने तो हस्पताल आना ही बन्द कर दिया।"

"ठीक नहीं बेटा, जी गिरा-गिरा-सा है।"

"उसे भेजिए न मेरे पास, एक लेडी डाक्टर नई रुड़की में आई हैं, उन्हें एक असिस्टेण्ट चाहिए, मैंने कौशल्या का नाम उसे कहा था, वह उसे रख लेगी, शुरू में दो सौ दे देगी।"

"अच्छा कहूंगी।"

"कहां है ?"

"शायद नहा रही है।"

"अभी दस बजे तक मैं कहीं नहीं जाऊंगा, पास ही तो है, झा जाए तो बात हो जाएगी। मैं लेडी डाक्टर को भी कार भेजकर बुलवा लूंगा और दोनों की बात करा दूंगा। कल सुबह मैं एक हफ्ते के लिए छुट्टी पर जा रहा हूं, पीछे अगर किसी और को रख लिया तो ऐसा चांस फिर नहीं मिलेगा।" कहता हुआ सहगल चला गया था।

कौश को जब उसकी मां ने सहगल का सन्देश दिया तो वह सोचती रह गई—परन्तु शीघ्र ही उसने फैसला कर लिया कि हो सकता है यह भी सहगल की एक चाल हो और वह डाक्टरनी भी कहीं वैसा ही काम न करती हो ? वह नहीं गई और उसने मां से कह दिया कि जब तक उसकी तबीयत ठीक न हो वह कुछ का करेगी, कहीं न जाएगी।

तभी रोशन अपना एक अटैची उठाए आया था। उसके माथे पर पट्टियां बंधी थीं और एक तरफ की आंख भी पट्टी के नीचे थी। उधर का गाल भी सूजा हुआ था। एक पांव से भी वह कुछ लंगड़ा रहा था। "क्या हुआ भाई साहब ?" घबराकर कौश ने पूछा।

"ये सब तेरी वजह से हुआ !" कहता हुआ रोशन अन्दर चला गया था। अन्दर उसकी मां का रोना-कलपना शुरू हो गया था। पड़ोस के एक लड़के को जब मां बाबूजी को बुलाने के लिए भेजने लगी तो रोशन ने कहा, "अब तुम फिज़ूल तमाशा न बनाओ। दो-चार दिन में पट्टी उतर जाएगी।" और वह एक गिलास पानी पीकर मां के मना करते-करते घर से निकल गया था।

"मेरी वजह से हुआ ?" जब कौश ने सुना तो उसका दिल धक् से रह गया, "कहीं यह दिल्ली में उनसे लड़-झगड़ तो नहीं आए, कहीं उनके भी कहीं चोट तो नहीं लगी होगी, बेचारी डौली !" इस कल्पना से वह घबरा गई। वह अपने-आपको कोसने लगी, न वह उस दिन सहगल को बुलाने जाती, न नर्सिंग का भूत उसके सिरा सवार होता और न यह सब होता। आज वह अपने पति और बेटी के पास होती, बेसन के चीले तल रही होती, डौली धीरे-धीरे कुतर रही होती, गा-गाकर, पांव से ताल दे-देकर; और वह मेरी ओर, मेरी आंखों की ओर देख रहे होते, कच्चे-पक्के चीलों को मोहनभोग समझकर, और मैं पूछती और बनाऊं तो कहते बस रहने दो, थक गई होगी। यही सोचते-सोचते कौश का जी भर आया और वह गोदाम वाली अंधेरी कोठरी में जाकर रोने लगी।

एकाध बार मां ने उसे रोते देख लिया था तो कहा था, "चली क्यों नहीं जाती-ऐसा क्या कहा है उसने, क्या किया है ?" तब से उसे किसीके सामने रोना भी अच्छा नहीं लगता था।

उसे लगता था वह दुनिया में अकेली थी, एकाकी और असहाय, और भविष्य में उसके लिए कुछ नहीं था—केवल आत्मपीड़ा और अन्तर्दाह !

इस आत्मपीड़ा और अन्तर्दाह से आत्मनिरीक्षण का जो उसे अवसर मिला तो उसके सामने उसके पति का व्यक्तित्व उभरता ही चला गया। जिसे

अभावों में उसने न जाने कितना कोसा था अब उसकी ज़रा-ज़रा-सी बात का स्मरण हो आने पर स्वयं को कोसने लगी थी। सहगल और रोशन के एकाध मित्रों के कहने पर उसने उसके और अनु के बारे में न जाने क्या-क्या कल्पनाएं कर ली थीं और निराधार उसे एक पतित परस्त्रीगामी करार दे दिया था। फिर उसने सुना था कि अनु को लिखने का भी शौक था और वह अपने माता-पिता के साथ रहती थी—यदि ऐसी कोई बात होती तो उसके माता-पिता ही उसे ट्यूशन पर क्यों रखते।

इतना सब सोचने पर भी वह पति के पास लौट क्यों नहीं जाती? बस केवल इसीके सम्बन्ध में वह किसी निर्णय पर नहीं पहुंच पाती थी। फिर डौली को ले जाने के बाद अशेष ने भी तो नहीं लिखा, एक बार भी वह लिख देता तो वह सहर्ष दौड़ी चली जाती।

रोशन ने जाकर सहगल को जब बताया कि उसने कितनी सफलतापूर्वक अनु की डायरी अशेष के यहां से प्राप्त की थी और वह उसे लेकर खुशी-खुशी ईस्ट पटेलनगर से देवनगर आ रहा था कि वहां से अपना अटैची उठाकर स्टेशन जाए और गाड़ी में पहुंच जाए, परंतु रास्ते में ईस्ट पटेलनगर से सतनगर की ओर जब वह जा रहा था तो उसे एक बूढ़ा आदमी मिला था जिसने उसे कहा था कि चन्द्रभान ने उसे भेजा था और अपने साथ रोशन को लिवा लाने को कहा था। रोशन बिना विशेष सोचे उस बूढ़े के साथ चल दिया था। और बूढ़ा उसे राधास्वामी मठ के पास से पूर्व की ओर वैस्टर्न एक्सटैंशन एरिया की ओर मुड़ने वाली एक वीरान-सी सड़क पर ले चला था और जैसे ही वह एक ऐसे स्थान पर पहुंचे थे कि आसपास कोई आदमी नहीं था, वह बूढ़ा एक शेर की तरह उसपर झपट पड़ा था और उसने एक ही पैतरे में उसे एक ओर की ढांग की चट्टान पर धकेलकर गिरा दिया था। इससे पहले कि वह सम्हले बूढ़े ने उसके कोट में से डायरी निकाल

ली थी और वापस भाग लिया था। रोशन ने जब समझा कि उसे धोखा दिया गया था और डायरी उससे छिन गई थी तो वह बूढ़े के पीछे भागा था। कुछ ही दूर पर उसने बूढ़े को पकड़ लिया था, काफी छीना-झपटी हुई थी, उस छीना-झपटी में दो-तीन कागज़ उस डायरी के रोशन के हाथ लग गए थे और बूढ़े ने एक पत्थर उठाकर उसके माथे पर दे मारा था जिससे चोट लगी थी और खून उसकी आंखों में भर गया था। इससे पहले कि वह सम्हले बूढ़ा जा चुका था। "लेकिन मैंने भी एक बड़ा-सा पत्थर कसकर उसकी छाती में मारा था कि उसकी पसलियां चूर-चूर हो गई होंगी !" रोशन ने कुछ अभिमान से कहा।

"वो कागज़ कहां हैं ?" सहगल ने पूछा। रोशन ने तीन कुछ फटे मुड़े-तुड़े कागज़ उसे दिए, जिन्हें देखकर सहगल ने पहचान लिया कि वह अनु की ही लिखाई थी। सहगल हिन्दी बिलकुल नहीं जानता था, इसलिए उसने रोशन को ही वह पढ़कर सुनाने को कहा।

एक जगह रोशन ने पढ़ा—

"कोई-कोई स्थान, स्थल ऐसा लगने लगता है, जैसे वह कोई तीर्थस्थान हो। कहीं कोई रूखी कठोर-सी चट्टान, घास के मैदान का कोई टुकड़ा, इण्डियागेट के पास की कोई बैंच या सफदरजंग मदरसे की कोई सीढ़ी...मानस का पंछी बार-बार उनके पास मंडराया करता है—लम्बी-लम्बी उड़ानें भरने के बाद भी बार-बार लौटकर वहीं आता है..."

"चलेगा, बस इतने से ही काम चलेगा। इण्डियागेट''बस' इतना ही काफी है—अब उसके पंछी के पंख न नोच डाले मैंने तो मेरा नाम सहगल नहीं। शाबाश बेटा, तुमने जितना काम किया, काफी है। अगर तुम ये कागज़ न लाते, सारी डायरी भी ले आते तो भी मैं इतना खुश न होता। इसी बात पर सामने अलमारी में से एक नई बोतल निकाल लाओ—कुछ रुपये तुम्हें और दिए जाएंगे। अब देखते जाओ मैं कैसे उस.. के दो हाथ तोड़ डालता हूं जो मेरी बीवी से रोमांस लड़ा रहा है।"

करीब ग्यारह बजे तक रोशन वहां रहा, सहगल ने उसे कुछ रुपये और दिए

और बाकी बाद में देने को कहा, तनखाह पर।

रोशन घर आया तो मूड में था, उसने मां के सामने बैठकर बड़ा रस ले-लेकर, कुछ बढ़ा-चढ़ाकर सारी बातें बताई और जेब से निकाल कर करीब डेढ़ सौ रुपया जब मां के सामने रखा तो उसने रूपये उसकी ओर फेंक दिए। अब तक वह बड़े धैर्य से सब कुछ सुनती रही थी, अब उबल पड़ी, "तो ये करतूत करके आया है! अपने बहनोई के घर चोरी करने गया था—उस डाक्टर के कहने से कल तु अपने बाप के घर में भी चोरी करने लगना ! मुझे नहीं चाहिए इसका एक पैसा भी—मैं भी क हूं आज सुबह-सुबह तेरे मुंह से बू कैसी आ रही है। ये कुलच्छन फिर तूने शुरू कर दिए। आने दे तेरे बाप को, आज ही फैसला करती हूं।"

"बिगड़ क्यों रही हो। तीन दिन में डेढ़ सौ तुम्हें लाके दिए हैं तो मुझे ही दोषी बना रही हो। रोज़ ही तो मेरा सिर खाती थी, कमा के ला, चाहे कुछ भी कर। अब लाया हूं तो मुझे कोस रही हो। रख लो, काम आएंगे, मेरे पास खर्च हो जाएंगे।"

मां ने फिर भी उन्हें हाथ न लगाया, रोशन ने उठाकर उन्हें जेब में रख लिया।

अब उसने सोचा कि उसे अपनी बहन से तो सहानुभूति मिलेगी क्योंकि वह समझता था कि वह अपने पति के विरुद्ध और सहगल के पक्ष में थी। कौश ने सारी बात सुन ली थी, जब रोशन उसे सुनाने गया तो उसने कहा, "मैंने सब सुन लिया है भाई साहब। आपको जाने से पहले मुझसे तो पूछ लेना था। वो क्या सोचेंगे, कि मैंने ही आपको भेजा था।"

"तो तू भी मेरे खिलाफ है ?"

"मैं किसीके खिलाफ नहीं हूं। मुझे कुछ नहीं पता।"

कह वह वहां से हट गई थी परन्तु उसे रोशन की करतूत पर बिलकुल खुशी नहीं थी—उसका दिल कह रहा था कि जो कुछ हो रहा था वह ठीक नहीं हो रहा था।

यदि वह दिल्ली से न आई होती तो यह सारा किस्सा क्यों बना होता ?

वह वहां होती, न उन्हें किसीसे मिलने का मौका मिलता; वह तो इतने संकोची हैं कि पड़ोस की औरतों की शकल की तरफ उन्होंने कभी आंख उठाकर नहीं देखा था और आसपास के मर्दों के नाम भी उन्हें नहीं पता रहते थे।

कौश बहुत खिन्न हो गई थी।

अगले दिन उसे पति का एक पत्र मिला, रजिस्टर्ड एकनौलिजमैंट ड्यू।

कौश ने धड़कते दिल से पढ़ा—

"दूरस्थ आत्मांश मेरी,

एक बार मुझे मेरा कसूर तो बता दो, इतनी बड़ी सज़ा मुझे देने का इतना दृढ़ निश्चय तुमने क्यों किया है—ऐसी कौन-सी दीवार हम दोनों के बीच आ खड़ी हुई है जो ढाई नहीं जा सकती, लांघी नहीं जा सकती।

मुझे रोशन भाई साहब से पता चला कि तुम अस्वस्थ हो, हस्पताल भी नहीं जा रहीं ; फिर यहीं आ जाओ , मुझसे अधिक तुम्हारी देख-देख कौन कर सकेगा। आओ, तुम्हें कुछ नहीं करना होगा, पलंग पर बैठी रहना, एक चांदी का पानदान तुम्हें ला दूंगा, बेगम की तरह बैठी गिलौरियां चबाया करना। मुझे कोई असुविधा नहीं होगी। घर का सारा काम मैंने सम्हाल लिया है, खाना-नाश्ता सभी घर पर तैयार करता हूं, कपड़े भी घर पर ही धोता हूं—पूरे महीने-भर का राशन जमा है, बनिये, दूधवाले और कोयले वाले के पैसे चुका दिए हैं। मकान मालिक को भी दो महीने का किराया दे दिया है। अब कोई तुम्हारे दरवाज़े पर आकर तुम्हारे मन की शान्ति को भंग नहीं करेगा।

इधर मैंने सफलता की दिशा में भी कई सीढ़ियां चढ़ ली हैं। एक उपन्यास छपा था, तुम्हें भेजा था, पढ़ा होगा। दूसरा एक प्रकाशक ने ले लिया है, उसका भी पेशगी ढाई सौ मुझे मिल गया है। तुम्हें सौ रुपये का मनिआर्डर भेज रहा हूं। कल-परसों तक मिल जाएगा।

डौली तुम्हें कभी-कभी बहुत याद करती है—आज ही कह रही थी,

'माताजी कब आएंगी ?' मैंने कहा, जल्दी आएंगी। बोली 'तो चलो तेसन।'

बताओ 'तेसन' कब आऊं ? अपने आगमन की सूचना तार से देना।

कुछ ऐसी बातें हैं जो शायद मैं बाद में न कह सकूं, कम से कम जैसे कहना चाहूंगा, वैसे न कह सकूंगा, तुम्हें पता है मैं अपनी बात लिखकर तो कह सकता हूं, और तुम अपने-आप ही तो कहा करती हो, 'तुम बोला न करो, तुम्हें बोलना नहीं आता।' इसलिए लिखकर ही कहना चाहता हूं।

रोशन भाई साहब ने बात-बात में अनुराधा की ओर कुछ संकेत किए थे, जिनसे मैं समझा कि उस प्रकार की बातें तुमने भी सुनी होंगी और यदि डाक्टर सहगल के सम्पर्क में आई होंगी तो उन्होंने अवश्य उनका जिक्र किया होगा।

मेरा उपन्यास अनुराधा ने पढ़ा था, उसमें मैंने कुमकुम का जो चित्रण किया है, संयोग से उसका रूप-रंग उससे इतना मिलता है कि उसे ही नहीं, उसकी जुड़वां बहन श्रीमती कृष्णप्रिया को भी और मुझे भी आश्चर्य हुआ। उसीके कारण उससे अनायास परिचय हो गया था। वह कहानियां लिखती है, अच्छी लिखती है, उसने मुझसे अपनी कहानियां सुधरवाने का प्रस्ताव रखा, जिसे मैंने स्वीकार कर लिया।

हमारे मकान के सामने 'आनंद निकुंज' कोठी उसके पिता की है—दूर भी नहीं जाना पड़ता और डौली मेरे साथ रहती है।

अनु से तुम मिलो—स्फटिक की भांति निर्मल उसका चरित्र है, एक बार उससे, उसकी बहिन से, उसके माता-पिता से मिलने के पश्चात् भी यदि तुम्हारे मन में कोई शंका रह जाए तो तुम स्वयं अपनी धारणा बना लेना, मुझे आपत्ति नहीं होगी। मुझे घोर निराशा, अभावों और तुम्हारे वियोग के दिनों में उसने जो सांत्वना दी, जो ढारस बंधाया, मेरे आत्मसम्मान और पुरुषार्थ को जिस प्रकार जगाया, उसीका परिणाम है कि मुझे जीवन में पहली बार अपना भविष्य प्रकाशित दीखने लगा है और मुझमें सफलता के लिए संघर्ष करने की क्षमता जागी है। कभी जब मेरा विवेक कार्य नहीं करता तो वह मुझे जैसे उंगली पकड़ाकर जीवन के बीहड़ चौराहों से पार ले जाकर सीधी राह

पर लगा देती है।

वह जल्दी ही, शायद एकाध सप्ताह में विदेश जा रही है, उसे नौकरी मिल गई है—अधिकांश उसे विदेशों में राजदूतावासों में ही रहना होगा। तुम्हारे किसी भी अधिकार को छीनने के सम्बन्ध में न कभी उसने कल्पना की है, न मैंने कभी सोचा है कि उसे दूं—मुझे पहली बार तुम्हें लेने जाने की प्रेरणा उसीने दी थी।

कौश ! आओ—घड़ी की सुइयां वहीं खड़ी हैं, जहां तुम्हारे जाने के समय थीं, आओगी तो वहीं पाओगी—अपने हाथ से उसकी टिक टिक शुरू कर देना।

तुम्हारे दुखते हाथों की उंगलियां चटखाए कितने दिन हो गए, तुम्हारी डांट खाने को बड़ी ज़ोर से जी कर रहा है। आ जाओ—तुम्हारी प्रगति के वह सब मार्ग दिल्ली में भी खुल सकते हैं जो रुड़की में हैं—शायद वहां से अधिक। विश्वास दिलाता हूं कि जो तुम चाहोगी उसके विरुद्ध कुछ नहीं होगा।

तुम्हारे बिना अशेष शेष हो गया है—

बस अब मान जाओ—इतनी देर तो तुम कभी भी कहीं नहीं रहीं।

तुम्हारा ही,
अशेष

पुनश्च :

केवल एक शब्द लिख दो, लेने आ जाऊंगा।"

अशेष का पत्र बढ़कर कौश का अस्तित्व विगलित हो गया है उसे अपने पति के प्रत्येक शब्द पर विश्वास था—अनु के प्रति भी उसकी धारणाओं की रेत की दीवार आश्वासन व प्रेम के झोंकों ने गिरा दी थी और उसने तत्काल अपना सामान बांधना आरम्भ कर दिया। वह अब प्रतीक्षा नहीं कर सकती थी कि कोई उसे छोड़ने चले, या वह अपने पति को बुलाए और...तो वह अभी जाएगी और उसकी गोद में सिर रखकर उसके सामने अपने मन का सारा बोझ हलका देगी।

मां ने जब देखा कि उसने सामान बांध लिया था तो पूछा, "कहां जा रही है ?"

"दिल्ली।"

"साथ रोशन को ले जा।"

"अकेली चली जाऊंगी।"

"शाम को तेरे पिता आ जाएं, तो तेरा इन्तज़ाम कर देंगे।"

"मां, मुझे जाने दो, बस अब जाने दो, नहीं तो मैं पागल हो जाऊंगी।" कहकर वह रो पड़ी थी।

"तुझे किसने रोका है पगली, ऐसी हालत में तेरा अकेली जाना ठीक नहीं।" मां ने संकेत से कहा।

कौश स्तब्ध रह गई, "तो मां जानती है ?" उसने आश्चर्य से सोचा, "मां नहीं पहचानेगी तो और कौन पहचानेगा। कितनी पगली हूं जो इस भ्रम में थी।"

"मुझे जाने दो मां, कुछ नहीं होगा—मेरा जी बहुत घबरा रहा है।"

और वह तांगा मंगाकर सचमुच चल दी थी। चलते समय उसने मां को पांच सौ रुपये देकर इन्हें सहगल को भिजवा देने को कहा था।

"कैसे हैं ?"

"बस तुम वापस भेज देना—मुझे उसका एक पैसा भी नहीं चाहिए।"

"सुखी रह बेटी, भगवान तेरी रक्षा करे। तेरी चिट्ठी नहीं आएगी तब तक मेरी जान भटकी रहेगी। पहुंचते ही खत डालना।" मा ने उसे छाती से लगाकर विदा दी थी।

जैसे-जैसे समय बीतता जा रहा था, अनु के द्वारा जो उसका अपमान हुआ था, कौश ने जो उसकी ओर विमुखता का व्यवहार किया था सहगल की शराब बढ़ती जा रही थी, समाज में सभ्य लोगों ने उसे बुलाना बन्द कर दिया था और यहां तक कि हस्पताल की वह नर्सें जो उसे प्रसन्न करने के लिए कभी-कभी उससे हंस-बोल लिया करती थीं, उससे कतराने लगी थीं। इस सबका परिणाम यह हुआ कि सहगल की वासना और भी बढ़ गई। उसकी प्यासी-भूखी आंखें शिकार की तलाश में प्रत्येक उस स्त्री को बेधती-सी देखती थीं कि जो उसके सम्पर्क में आती थी।

हरजीतकौर एक अनुभवी तथा प्रौढ़ नर्स थी। अभी तक उसकी ओर कभी डाक्टर ने ध्यान नहीं दिया था, परन्तु जब युवा वर्ग की नर्सें ने उससे कतराना शुरू कर दिया तो उसने दूसरी पंक्ति में तलाश डालनी शुरू की और तब एक दिन हरजीत उसे बहुत अच्छी लगी। साधारण-सा कुछ लम्बा उसका कद था, लम्बोतरा कुछ बड़ा उसका चेहरा था, गोरा, लाल, भरा हुआ शरीर—गोल-गोल उसकी बांहें, कमर से नीचे का भाग कुछ भारी। उसकी पर्सनैलिटी को कुछ लोग ग्रॉण्ड कहा करते थे। आयु लगभग पैंतीस की होगी। एक दिन वह हस्पताल की गैलरी में आ रही थी, एक मोड़ से मुड़ी तो सहगल से टकरा गई और सहगल ने उसे कंधों से पकड़ा, सम्हालने को—परन्तु केवल उतने से स्पर्श में सहगल को लगा जैसे एक हाई वोल्टेज की बैटरी का करेंट उसके लगा हो।

"आई एम सौरी डाक्टर।"

"कोई बात नहीं, नर्स। मज़े में हो ?"

"आपकी दया है डाक्टर !"

हरजीत एक ओर हटकर चलने लगी, सहगल मुड़कर उसे देख रहा था, पीछे से उसकी रूपरेखा उसे बहुत लुभावनी लगी, "नर्स !"

"सर, आपने मुझसे कहा ?" मुड़कर हरजीत से पूछा।

"मेरी कुछ मदद करोगी ?"

हरजीत प्रतीक्षा करने लगी।

"एक केस है, पार्टटाइम वर्क है, शाम को तो खाली रहती हो

—आ सको तो तुम्हें लगवा दूं। अच्छा मिल जाएगा।"

"आप देख लीजिए सर।"

"पैसे की ज़िम्मेदारी मेरी है।"

"कितना मिलेगा ?"

"दो घण्टे दोगी तो दस रुपये रोज़।"

"कैसा केस है ?"

"फीमेल केस है—घर पर ही किया था, ड्रेसिंग वगैरह का—अब जो नर्स लगाई थी वह केयरलेस है—"

"आ जाऊंगी।"

"शाम को बंगले पर आ जाना, ले चलूंगा।" कह डाक्टर अपने कमरे में चला गया था।

जब हरजीत से नर्सें को पता चला कि उसे सहगल ने शाम को बुलाया था तो सब मुंह ही मुंह हंसीं, हरजीत ने कहा, "क्या कुक ड़ियों की तरह चिकचिक कर रही हो ! उसे बहुत मिली होंगी, हर जीत से पाला नहीं पड़ा, सिंहनी हूं, मेरी किरपान पर अमृतसर का पानी चढ़ा है।"

"भालू है भालू, आसाम के जंगलों का।" मिस मैसी ने कहा।

"गीदड़ियों को भालू का डर होता है, शेरनी नहीं डरती।" हरजीत ने कहा।

शाम को नियत समय पर हरजीत सहगल के बंगले पर पहुंच गई थी और ड्राइवर से खबर भिजवाई। सहगल प्रतीक्षा ही कर रहा था। वह आया, हरजीत बैठी थी, पीछे की सीट पर।सहगल ने इशारे से ड्राइवर को समझाया कि उसकी ज़रूरत नहीं थी।

डाक्टर ने गाड़ी पुल के पास से हरिद्वार की ओर नहर के किनारे घाली सड़क पर मोड़ दी थी और करीब पांच मील चलने पर एक गांव में, एक पुरानी परन्तु शानदार हवेली के सामने जाकर मोटर रुकी थी। सहगल उसे अन्दर ले गया जहां कि हरजीत ने करीब चालीस साल की अत्यन्त निर्बल स्त्री को देखा, जिसके उस आयु में पहला बच्चा हुआ था। अपरेशन द्वारा बालक को संसार में लाया गया था।

उस स्त्री के पति एक पुराने ढंग के ज़मींदार टाइप के व्यक्ति थे, गठीला शरीर, बड़ी-बड़ी गुच्छेदार मूंछें, सिर पर आध-आध इंच के कंटीले-से बाल, नीचे कानपुरी धोती और शरीर पर आधी बांह की मलमल की गंजी। बड़े तपाक से डाक्टर को बैठक में ले गए।

करीब डेढ़ घण्टे बाद, ड्रेसिंग करके, बच्चे को नहला-धुलाकर और ज़च्चा-बच्चा को खिला-पिलाकर नर्स ने डाक्टर के पास खबर भिजवाई तो वह आखिरी जाम पी रहे थे।

"तो डाक्टर कल आप तशरीफ ला रहे हैं ?"

"हां, नर्स को लाने, ले जाने की ड्यूटी तो आपके लिए मुझे करनी ही होगी।"

"आपको बहुत तकलीफ दे रहा हूं।"

"ठाकुर साहब, आपने भी कैसी बात की, माबदौलत तो यारों के यार हैं।'

"वाह, क्या फरमाया है माबदौलत ने, लुत्फ आ गया।"

सहगल जब कार के पास आया तो उसने देखा, हरजीत पीछे बैठी थी, "आगे आ जाइए नर्स, आगे हवा लगेगी।"

"मैं अच्छी तरह हूं, थैंक्स डाक्टर।"

ठाकुर साहब खड़े थे, सहगल ने इसरार न किया।

गाड़ी चलकर जब नहर की पहाड़ी पर आई और शहर की ओर चली तो कुछ ही हवा के झोंकों से हरजीत को पता लग गया कि डाक्टर पीए हुए थे। उसका सांस कुछ तेज़ चलने लगा था कि उसने एक बार अपनी साड़ी के नीचे, कमर में खोंसी कटार पर हाथ रखकर आश्वासन पाया। उसे आशा तो नहीं थी कि डाक्टर उसके बारे में भी बुरी नीयत रखेगा, फिर भी क्या पता।

करीब एक मील चलने पर गाड़ी की लाइट अचानक बुझ गई और डाक्टर ने ज़ोर का ब्रेक लगाकर गाड़ी रोक दी।

"लाइट फेल हो गई। पता नहीं क्या हुआ।" कहता हुआ हाक्टर खिड़की खोलकर बाहर आया। कुछ देर अंधेरे में बोनट उठाकर कुछ छेड़-छाड़ करता रहा, फिर पीछे की सीट के पास आकर बोला, "उठो, तुम्हारी सीट के नीचे मेरे टूल रखे हैं।"

हरजीत उठकर बाहर आने लगी तो सहगल ने उसकी कमर में हाथ डाला और बांहों में कस लिया। कुछ देर अंधेरे में छीना-झपटी, पकड़ा-धकड़ी की आवाज़ें आती रही, फिर जैसे कोई भारी-सी चीज़ को अन्दर की सीट पर पटका गया और...एक बड़ी भयानक दहाड़ उस क्षेत्र में काफी दूर-दूर तक सुनाई दी कि जैसे किसी जंगली भालू के पेट में किसी भील ने भाला दे मारा हो।

कुछ देर बाद एक ईंटों की ट्रक हरिद्वार की ओर से आती हुई कार के पास से गुज़री तो ड्राइवर ने अपनी हैडलाइटों में जो कुछ देखा, उससे उसने गाड़ी रोक दी...रुड़की की ओर से तभी एक महकमा नहर के अफसर की कार आ रही थी, कुछ राहगीर पैदल भी आ-जा रहे थे—करीब आध घंटे में वहां अच्छा-खासा हजूम लग गया था।

मम्मी मुज़फ्फरनगर से आनेवाली थी, वह अपनी भानजी के लड़के के मुंडन में गई थीं। कृष्णा ने अनु को भी बुला लिया था, "चलो मम्मी को डीलक्स से लेकर शम्मी के यहां चले चलेंगे। शम्मी ने बड़ा आग्रह किया था उसकी सगाई में उसकी लविंग आंटी को ज़रूर पहुंचना चाहिए।" तो कृष्णप्रिया और अनु की कार बड़े स्टेशन के पास, लकड़ीवाले पुल के पास वहां खड़ी थी जहां कि उत्तरप्रदेश रोडवेज़ की ओर से आने वाली बसें सवारियों को उतारती थीं।

जब तीन बजे बस न आई, साढ़े तीन बज गए, चार हो गए, तो उन्हें चिंता हो गई। मेरठ से आनेवाली एक बस के कंडक्टर से जब उन्होंने पूछा तो उसने बताया कि एक डीलक्स का मोदीनगर से आगे एक्सीडेंट हो गया था, तो वह बहुत घबराई। उनकी कार पूरी चाल से मेरठ की सड़क पर चली जा रही थी।

मोदीनगर से दिल्ली की ओर, बीसवें मील के पास उन्होंने दूर से ही देखा कि बस सड़क से उतरकर एक ओर एक शीशम के पेड़ से टकरा गई थी।

पास जाने पर उन्होंने देखा कि वहां बहुत भीड़ जमा थी। घबराहट में उन्होंने नहीं देखा कि कुछ दूर पर उनकी मम्मी एक पेड़ का सहारा लिए बैठी थी, दूसरी बस के आने की प्रतीक्षा में।

जहां भीड़ लगी थी वहां जाकर उन्हें पता चला कि एक स्त्री जो रुड़की से आ रही थी, उसकी तबीयत बहुत खराब है। और निकट जाने पर कृष्णा ने एक स्त्री से पूछा तो उसने बताया, "बेचारी को इस हालत में सफर नहीं करना चाहिए था। अकेली है। इसे 'फौरन अस्पताल पहुंचाना चाहिए, वर्ना केस सीरियस हो जाएगा।"

कृष्णा ने लोगों को वहां से हट जाने को कहा, युवती बेहोश थी—या अत्यधिक पीड़ा से अचेतनप्राय थी। कृष्णा और अनु ने अपने ड्राइवर और कुछ लोगों की सहायता से उसे गाड़ी में डाला। तभी उनकी मम्मी ने भी उन्हें देख लिया। उन्हें भी बैठाकर, ड्राइवर से उन दोनों का सामान पीछे रखवाकर गाड़ी दिल्ली की ओर मोड़ दी।

इरविन हस्पताल के एमर्जेंसी वार्ड में उस युवती को जब दाखिल कराया गया तो हस्पताल वालों ने उसका नाम-पता पूछा, अनु और कृष्णा को खयाल आया कि उसका सामान तो गाड़ी में था। अनु के अटैची को खोलते ही उनके हाथ में अशेष का वह पत्र आया जोकि उसने कौश को लिखा था—

कौश ?" अनु ने कहा, "दीदी, यह कौश है, कौशल्या।"

"कौन कौशल्या ?"

"अशेष की पत्नी।"

"अशेष की ?"

"हां दीदी, इन्हें कुछ हो गया तो गज़ब हो जाएगा, इन्हें बचा लो दीदी, तुम इन्हें बचा लो दीदी !" अनु ने व्याकुलता से गिड़गिड़ाकर कहा।

भगवान बचाएंगे अनु, घबरा मत। हस्पताल वाले जो कुछ कर सकेंगे उन्हें करना होगा। मैं अभी तेरे जीजाजी को भी फोन करती हूं, वह मिलिटरी हौस्पिटल के सर्जन को भी लेते आएगे।"

"इन्हें बचा लो दीदी, मुझपर बड़ा एहसान होगा।" अनु रो रही थी।

कृष्णा ने उसे ज़ोर से छाती से लगाकर प्यार किया, "घबरा मत, तेरे अशेष की पत्नी बच जाएगी।"

कुछ ही देर में कैप्टेन राजन और उनके साथ दो डाक्टर और एक लेडी डाक्टर कैण्टोनमेंट से भी आ गए थे और राजन का फोन मिलने के बाद इरविन के मेडिकल अफसर व अन्य ड्यूटी आफिसर भी पूरा ध्यान अनु की ओर दे रहे थे। एक कार अशेष को लेने भेज दी गई थी।

दो घंटे बाद डाक्टरों ने खबर दी कि कौश आउट ऑफ डेंजर थी। परन्तु एक सप्ताह उसे हस्पताल में रहना होगा।

आपरेशन थियेटर से कौश को ट्रॉली में लाया गया तब तक स्पेशल वार्ड में एक कमरा उसके लिए ठीक कर लिया गया था। सारा खर्चा कृष्णा ने अपने ज़िम्मे ले लिया था।

राजन जब अशेष का हाथ पकड़े उसे स्पेशल वार्ड के उस कमरे में ले गया, जिसमें वह लाई गई थी तो एक मिनट को वह बाहर ठिठक गया।

"चलो।" राजन ने कहा।

अशेष ने डौली को अनु की गोद में दे दिया। डौली अनु से काफी हिल गई थी। जब राजन अशेष के साथ अन्दर जाने लगा तो अनु ने उसकी बांह पकड़कर रुकने का इशारा किया।

अशेष अन्दर गया, एक बहुत हल्की नीली बत्ती जल रही थी। नर्स सिरहाने के पास एक स्टूल पर बैठी थी, उसे आता देख उठी और बाहर चली गई। जाते हुए कमरे का परदा खींच दिया।

अशेष चुपचाप कौश के पास जाकर, घुटने ज़मीन पर टेककर, हाथ बिस्तर पर रखकर बैठ गया। कौश की आंखें बन्द थीं, उसका सांस कुछ भारी-सा चल रहा था, नीली रोशनी में उसका पीला चेहरा हल्का हरा-सा लग रहा था, जैसे पतझड़ का पत्ता—

कौश के होंठ कुछ हिले, फिर उसने जीभ होंठों पर फेरी—शायद उसका मुंह सूख रहा था। पास मेज़ पर जाली से ढंकी एक कांच की प्याली

रखी थी और जग में पानी। एक घूंट पानी प्याली में डालकर अशेष ने कौश के मुंह से लगाया। घूंट भरकर कौश ने एक लम्बा-सा सांस लिया और धीरे कुछ कहा, अशेष समझ न पाया, उसने कौश के हाथ पर अपना हाथ रखा—उस स्पर्श-मात्र से कौश की बन्द पलकों के पीछे पुतलियां थिरकीं। दूसरे हाथ से उसने अपने हाथ पर रखे हाथ को टटोला—शायद पहचाना, और उसके होंठ एक बार कांपे, फिर ज़ोर से कांपे, उसके गालों में भी एक लहर-सी दौड़ गई और उसने अशेष के हाथ को ज़ोर से दोनों हाथों से पकड़कर अपनी छाती पर रखा—

"कौश !"

कौश की आंखों से आंसुओं की धाराएं बह रही थीं।

"कौश !" अशेष भी फूट पड़ने को था, परन्तु उसने पूरी शक्ति से अपने को सम्हाला, "रोने से तुम्हें हानि होगी कौश। डाक्टर कहता है तुम्हें दुःखी नहीं होना चाहिए—मेरी ओर देखो कौश।"

कौश ने आंखें और भी ज़ोर से बन्द कर लीं, जैसे उसमें आंख खोलने का साहस नहीं था।

अशेष ने कौश के आंसू पोंछे। कौश ने उसका हाथ पकड़ लिया, उसे आंखों पर रखकर दबाया, गालों पर रखकर दबाया, फिर सिर पर रखा।

"पांव...पांव।" उसने कहा।

"क्या चाहिए ?"

"पांव।" कहकर सिर उठाना चाहा।

"नहीं कौश, तुम लेटी रहो, उठना नहीं—तकलीफ होगी। बस दो-चार दिन में तुम ठीक हो जाओगी।"

"पांव !" कौश ने फिर कहा।

अशेष खड़ा हुआ, एक बार अपना पांव बिस्तर पर रखा, कौश का हाथ उससे छुआया, "बस, अब पागलपन न करो। तुम शान्त होकर लेटी रहो, हिलना-डुलना नहीं। दो-एक दिन की तो बात है। मैं यहीं रहूंगा, चौबीस घण्टे तुम्हारे पास। तुम्हें स्पेशल वार्ड में रखा है।"

"डौली कहां है?"

"यहीं है।"

कौश ने अपने हृदय पर हाथ रखकर हाथ फैला दिए।

अशेष ने दरवाजे से अनु को अन्दर आने का संकेत किया, "डौली को पूछ रही हैं।"

अनु ने डौली को देना चाहा, अशेष ने कहा, "ले आओ।"

"कौश, डौली आई है। देखो।"

कौश ने आंखें खोली, देखा डौली थी, अनु ने झुककर डौली को कौश के पास बैठा दिया। कौश ने डौली का सिर अपनी छाती पर रखकर उसके गाल पर प्यार किया। "माताजी ! पिताजी, माताजी को बुकाल आ दया ?"

"हां बेटी, जल्दी ठीक हो जाएंगी।"

"तीक हो दाएंदी ?"

"हां। अब आओ, अपनी माताजी को आराम करने दो।"

"माताजी आलाम तलती हैं ?" डौली ने पूछा।

"हां डौली। मुझसे गुस्से तो नहीं है डौली ?" कौश ने पूछा।

"नईं तो। मैं तुमें टौफी दूंदी। मौकी ने दब्बा दिया है।" डौली ने कहा। कौश ने देखा। उसके सामने वही युवती खड़ी थी जो उसे कार में हस्पताल लाई थी। उसने हाथ उठाकर नमस्कार किया, "आपने बड़ा कष्ट किया।"

"तुम अच्छी हो जाओ, जल्दी अच्छी हो जाओगी।"

"आप न आतीं तो मेरा क्या बनता।"

"आती कैसे नहीं। भगवान ने मुझे भेजा था।"

"तुम आराम करो कौश। इस समय तुम्हें केवल आराम चाहिए, मैं पास ही हूं। जब चाहो नर्स से बुलवा लेना।"

"तुम्हें कोई चिन्ता नहीं करनी होगी—सब चीज़ों की व्यवस्था है।" अनु ने आश्वासन दिया और नमस्ते करके बाहर आ गई। तभी नर्स अंदर आई और उसने कहा, "इन्हें आराम करने दीजिए।" अशेष एक बार कौश के सिर पर हाथ फेरकर डौली को लिए बाहर चला आया था।

कौश को लगा जैसे उसका दूसरा जन्म हुआ था।

जब से उसने सुबह डायरी लिखनी शुरू की थी, वह सुबह की चाय अपने कमरे में ही पीने लगी थी। उसकी चाय लाने का काम हरिया बाबा का था—अनु को और नौकरों का मुंह सुबह-सुबह देखना अच्छा नहीं लगता था।

हरिया ट्रे लेकर आया, छोटी गोल मेज़ पर रखी और प्रतिदिन की भांति जब अनु की कुर्सी के पीछे आकर उसके सिर पर एक बार हाथ फेरे बिना चलने लगा, कुछ दबे पांवों, तो अनु चौंकी। जब से वह डायरी लिखने लगी थी, वह लोगों की बड़ी छोटी-छोटी आदतों, हरकतों तक को नोट करने लगी थी—हरिया जब तक एक बार सिर पर हाथ न फेर ले, "जल्दी पी लो ठंडी हो जाएगी," तकाज़ा न कर ले, जाता नहीं था। आज वह ऐसे ही चुपचाप क्यों जा रहा है, अनु ने सोचा।

"बाबा ?"

"हां बीबी।"

"क्या बात है—ऐसे चुपचाप चले जा रहे हो ?"

"नहीं अनुरानी।"

"फिर क्या है ?" कलम रखकर मुड़कर उसकी ओर देखते हुए अनु ने पूछा।

हरिया चाय की ट्रे के साथ समाचारपत्र भी लाता था, उसने लौटकर वह उठाया और अनु के पास लाकर, उसके दो-तीन पन्ने पलटे और एक समाचार के शीर्षक पर उंगली रखकर अनु के सामने टेबल लैम्प के सामने नीचे रख दिया।

अनु ने शीर्षक पढ़ा, फिर समाचार पढ़ा, मौन, निश्चल उसे देखती ही रह गई। फिर उसने हरिया की ओर देखा, उसकी आंखों में आंसू झलक आए थे। अनु ने बायें हाथ की अगुली से अंगूठी उतारी, मेज़ पर रख दी,

फिर कलाई में से चूड़ियां उतारों और सामने रख दीं, माथे पर लगी बिन्दी पोंछ डाली।

सहगल के अकस्मात् दुनिया से इस प्रकार चले जाने का समाचार सुनकर उसे बुरा लगा, साथ ही उसे ख्याल आया कि वह विधवा हो गई थी।

जिस व्यक्ति ने उसे चार-पांच वर्ष से इतना परेशान किया हुआ था, उसके न रहने पर उसे दुःख हुआ, उसे किसीका शेर याद आया—

"हमने तो गली छोड़ने को कहा था, तुम दुनिया ही छोड़ गए !"

हरिया ने अनु के सिर पर हाथ फेरा। उसकी बूढ़ी आंखें अनु के कोरे सूने हाथों, बिना अंगूठी की उंगलियों और पुंछी बिन्दी के माथे को देख न सकीं। उसने मुंह फेर लिया।

हरिया कुछ देर चुपचाप खड़ा रहा, फिर उसने मेज़ के पास जाकर एक प्याली में चाय बनाई, अनु के सामने लाकर रख दी—अनु ने मेज़ पर, बांहों पर अपना सिर रख दिया था।

'विधवा' हो जाने की कल्पना-मात्र से उसका दिल बैठ रहा था। उसे सहगल के व्यवहार एवं स्वभाव से शिकायत थी, परन्तु उसने कभी भी ऐसी तो कल्पना भी नहीं की थी।

कुछ देर में उसने कहा, "तुम जाओ बाबा, अखबार मम्मी को दे दो। मेरे पास कोई न आए।"

हरिया के जाने के बाद उसने दरवाज़ा बन्द कर लिया और बिस्तर पर जा लेटी। वह विशेष कुछ नहीं सोच रही थी, न उसे रोना आ रहा था, न उसे खुशी थी, एक शुन्य-सी निर्भाव-सी अवस्था थी। कुछ देर बाद वह उठी, फिर लिखने की मेज़ के सामने जा बैठी और लिखने लगी—

"तो, इस प्रकार यह कहानी, जिसे अशेष ने उपन्यास कहा था समाप्त हो गई। अशेष को फिर अपनी जीवन-संगिनी मिल गई। इस समय वह उसके सिरहाने बैठा उसके मुंह में फीडर से दूध की बूंदें टपका रहा होगा—जो कौश के शरीर में जाकर उसे अमृत-सी, जीवन दे रही होंगी और कुछ

दिन में वह उसे घर ले आएगा और फिर एक बार, पहले से भी अधिक एक-दूसरे के प्रति आकर्षण, अनुराग, प्यार के साथ उनकी छोटी-सी दुनिया चलने लगेगी।

"सर्वभूतशोधक अग्नि की सात भंवरें डालकर जो वरदान मिले थे, चूड़ियां, सुहाग-बिन्दी और अंगूठी, वह त्याज्य हो गए हैं। बिना पति के भी सुहागन थी, आज वह नहीं रहा। बुरा हुआ। इससे तो जीवन-भर लड़ता-झगड़ता रहता। यह मैंने कब कहा था—

"किसने कहा था ?

"हमने तो गली छोड़ने को कहा था, तुम तो दुनिया ही छोड़ बैठे।

"शायद कभी कोई ठोकर लगती, शायद कभी विवेक जागता और परिवर्तन आ जाता, मानवता पशुता पर विजय पाती तो मैं सुहागन उन्हें स्वीकार कर लेती—परन्तु...

"तो यह कहानी ऐसे समाप्त हुई।"

जिस दिन हस्पताल वालों ने अशेष को आज्ञा दी कि वह कौश को घर ले जा सकता था, उसकी प्रसन्नता असीम थी। उसने कृष्णा को फोन किया, कार लाने के लिए, कौश को घर तक ले चलने में सहायता करने के लिए। उसे जैसे लग रहा था कि वह अकेले उसे कैसे ले जाएगा, उसके हाथ-पांव फूल गए थे।

कृष्णा आई, अनु भी साथ आई थी। अशेष डौली को लेकर आगे बैठा था। अनु और कृष्णा कौश के दोनों ओर पीछे। गाड़ी चली तो कौश का सिर कृष्णा ने अपने कंधे पर रख लिया था।

"मैं अभी तक नहीं पहचान पाई कि अनु बहन कौन हैं और कृष्णा बहन कौन-सी। उस दिन जब आप लोग मुझे लाई थीं तो मुझ लगा था जैसे मेरा दिमाग खराब हो गया था, मुझे दो-दो दीखने लगे हैं।"

कृष्णा हंसी, "इस दो-दो दीखनेवाली बात ने बहुत लोगों को परेशान किया है। तुम्हारे मिस्टर ने तो हमारी जैसी एक कुमकुम और पैदा कर दी है, अब हम दोनों भी परेशान हो गई हैं।

"फिर भी बताइए तो।"

कृष्णा ने अनु की ठोड़ी और ऊपर के होंठ के तिलों पर उंगली रखकर बताया, "यह अनु है—कुमकुम। यहां अपनेराम को यह टिमकने नहीं मिले।"

कौश ने देखा, हाथ अनु की ओर बढ़ाया, जैसे सुलह का हाथ। और अनु ने उसे अपने दोनों हाथों में थाम लिया। कौश ने आंखें बंद कर ली, जैसे उसे क्षमा मिल चुकी थी, उस दिन के अपवचनों की जो उसने सहगल के सामने उसकी बैठक में कहे थे।

तीन साल ऐसे बीत गए, जैसे कुछ हुआ ही नहीं। परन्तु हुआ कैसे नहीं—

डौली चटाई पर बैठी एक चांदी का झुनझुना, बजा रही थी, "ऊं...ऊं... आ आ...मेरा भय्या...माताजी, भय्या नहीं मानता...कहता है गोदी में आऊंगा।" सामने एक खटोलना था जिसमें छः महीने का डौली का भय्या लेटा था, मचल रहा था, हाथ-पांव बड़ी तेज़ी ले चला रहा था।

"तू उसे लेटने नहीं देगी। बस तेरी गोदी में रहे। उसकी आदत खराब कर रही है। जब तेरे स्कूल खुल जाएंगे तो मुझ ही तो परेशान करेगा। मत लगा बहुत गोदी से।" कौश कहती जा रही थी और अशेष की लिखने की मेज़ पर दीवार से लगे बुक-केस की किताबें झाड़ती जा रही थी और रखती जा रही थी। और बुड़बुड़ाती जा रही थी, "बुक-शैल्फ में 'तिनके...बस तिनके' है. 'अनुराधा' है, 'पड़ाव...मंज़िल' भी है, और भी तीन किता वें हैं, लेकिन 'अंतरिक्ष की पुकार' नहीं है।" इस बुक-केस में अशेष की प्रकाशित पुस्तकें ही रखी रहती थीं। अशेष

खिड़की के पास खड़ा शेव कर रहा था।

"कल जगदीश आया था, मांगकर ले गया था।"

"बस, मुझे ये ही बात पसंद नहीं। मैंने मना किया था इनमें से किसीको न देना। उसकी और कोई कॉपी अपने पास नहीं। कल को ज़रूरत पड़ेगी तो लोगों की खुशामद करते फिरना। पता है, बाजार में इसकी एक भी कॉपी नहीं। मैं आज ही इन सबको ताले में रखती हूं।"

"शाम को जाकर उससे ले आऊंगा।"

"ले आओगे मेरा सिर। पहले दे दो, अब लेने जाओगे। रहने दो, कहेगा एक किताब के लिए चैन न पड़ा। मेरे ट्रक में एक कापी सम्हालकर रखी हुई है। कभी दे दे तो ले आना।"

"तुम्हारी समझदारी पर तो जी चाहता है बस......"

"अब रहने दो..." कौश पास से जाने लगी तो अशेष ने उसका पल्ला पकड़ लिया।

"छीः, छोड़ो भी। बुड्ढे होने लगे, वो आदतें नहीं गईं।"

"देखो, अगर तुम अभी से मुझे बूढ़ा कहने लगोगी तो मैं सिर घुटाके साधू हो जाऊंगा।"

"शकल तुम्हारी साधू होनेवाली ! लो, तुम्हारी बातों में दाल लग गई। छोड़ो न कैसी गंध आ रही है।"

"नहीं छोड़ता, जलने दो—पहले कहो फिर मुझे कभी बूढ़ा नहीं कहोगी !"

"मर्द भी कभी बूढ़े होते हैं।" कहती हुई कौश पल्ला छुड़ाकर भाग गई थी।

कोई दो साल हुए उनके पड़ोस के कमरे वाले किरायेदार चले गए थे तो उन्होंने दोनों कमरे ले लिए थे। एक अशेष ने अपने पढ़ने—लिखने के लिए बना लिया था।

कौश स्टोव पर रखी दाल की पतीली में पानी डालकर चमचा चला रही थी कि दरवाज़े पर पोस्टमैन ने पुकारा, "चिट्ठी।"

डौली दौड़ कर गई, 'गुड़ मौर्निंग पोस्टमैन !"

"गुड मौर्निंग, डौलीरानी। देखो आज मैं तुम्हारे लिए कितनी दूर की चिट्ठी लाया हूं। बस एक बार 'टिमटिम करते तारे' सुना दो तब दूंगा।"

"चिट्ठी दो, तब सुनाऊंगी।"

"नहीं, पहले सुनाओ। परसों तुमने चकमा दे दिया था।"

कौश ने कहा, "चाय पी लो भय्या, बनी रखी है।"

"बस बीबीजी, आपने कह दिया, अपना इसीसे पेट भर जाता है। एक बार डौलीरानी 'टिमटिम...' सुना दें तो चलूं, आज बड़ी डाक बांटनी है। जल्दी से सुनाओ नहीं तो वापस कर दूंगा।" पोस्टमैन ने कहा।

डौली ने जल्दी-जल्दी 'टिमटिम करते तारे—ये कहते हैं...सारे' गाया और पोस्टमैन के हाथ से चिट्ठी छीनकर अपने पिताजी के कमरे में दौड़ गई।

दोनों हाथ पीछे करके चिट्ठी छुपाकर डौली अशेष के पास खड़ी हो गई।

अशेष तौलिये से मुंह पोंछ रहा था, "किसकी है ?"

"नहीं बताती।"

"दिखा न ?"

"नहीं दिखाती, पहले मिट्ठी दो।"

अशेष ने डौली के दोनों गालों पर प्यार किया, "अब तो दे।"

डौली ने कहा, "छोटे अ से अनु मौसी की, बड़े आ से आई है, छोटी इ से इंडोनेशिया से चिट्ठी।"

"अरे डौली, तू कितनी पढ़ गई है—अपनी मौसी को अपना नया कायदा लिख देना। सुन रही हो, ये डौली ने नई वर्णमाला बना डाली है, कितनी मौलिक है।"

"बेटी भी किसकी है !" कौश ने पूछा, "अनु की है ?"

"हां।" चिट्ठी खोलते हुए अशेष ने कहा।

"ठहरो, मैं आऊं तब पढ़ना। मेरी चिट्ठी का जवाब होगा।"

"तो जल्दी आओ।"

पतीली नीचे उतारकर पल्ले से मुंह पोंछती कौश आ बैठी चटाई पर। वहीं

अशेष और उसकी गोद में डौली भी बैठ गई। अशेष ने पढ़ा—

"मेरी प्यारी कौश,

तुम्हारा पत्र, अशेष और डौली के हस्ताक्षरों के साथ मिला। आत्मा तुम्हारे उस चौबारे के ऊपर जाकर मंडराने लगी। तुमने मुझे सपनोंवाली बहन कहा है, सपनों के पात्र कुछ भी कर सकते हैं, क्षण-भर में कहीं भी जा सकते हैं, आवाज़ की चाल से तेज़ उड़ सकते हैं। सच बताना, अभी यह पत्र तुम्हें मिला है और अशेष पढ़कर सुना रहा है, डौली उसकी गोद में बैठी है और तुम पास बैठी हो, तुम्हारे हाथ में आटा लगा है।

(कौश ने अशेष की ओर देखा और मुस्कराई।)

तुमने लिखा है कि अशेष ने मुझे स्वप्न में देखा था एक मोटर बड़ी तेज़ी से दौड़ाते। ठीक ही देखा था। मोटर चलानी तो मुझे राजन जीजाजी ने पहले ही सिखा दी थी, यहां आने के बाद मैं कभी-कभी अपने एक मित्र की कार ले जाया करती हूं।

लेकिन अशेष को चेतावनी दे देना कि अब उसे स्वप्नों में मुझे देखना छोड़ना होगा। यह अधिकार मैंने उसे दे दिया है, या कहो जल्दी ही देनेवाली हूं, जिसकी डिसॉटो गाड़ी मैं भगाए फिरती हूं।

वह जकार्ता आर्ट्स कालिज में साहित्य का प्राध्यापक है। अशेष की ही तरह ज़रा-ज़रा-सी बात पर रोने-धोनेवाला है। लिखता है तो भी कुछ उसीकी तरह ज़रा-सी गरदन टेढ़ी करके। कद भी करीब उतना ही है। शायद इसीलिए मुझे कुछ जल्दी अच्छा लगने लगा है।

कल उसने मुझे नीलम की एक अंगूठी भेंट की थी। बिना अंगूठी के हाथ सूने-सूने लगते थे, उसने दी तो मैंने पहन ली। बस फिर क्या था, कहने लगा कि अब एक अंगूठी मैं भी उसे दूं तो समझी। मैंने फौरन उसकी अंगूठी उतारी तो घुटने ज़मीन पर टिकाकर, बिलकुल विक्टोरियन अन्दाज़ में उसने सिर मेरे सामने झुका दिया, जिसका मतलब था कि या तो मैं अंगठी फिर पहन लूं या उसकी गरदन...तुम्हों बताओ कौश, भला ऐसे आदमी से भी

कोई जीत सकता है।

आज शाम को किसी पटरीवाले से मुझे भी स्टेनलैस स्टील की एक अंगूठी खरीदनी होगी। नहीं दूंगी तो बेचारे की आंखें बरसने लगेंगी। चश्मा तो पहले से ही चढ़ा हुआ है, ऐसे रोज़-रोज़ रोएगा तो क्या वह पढ़ेगा और क्या पढ़ाएगा।

इसलिए अशेष को कह दो, सपनों के दरवाज़ें पर लिख दे, 'अनु, प्रवेश निषिद्ध !'

अंगूठी वाला इंडोनेशियन ही है।

एक-दो दिन में एक पार्सल भेज रही हूं। उसमें यहां आने के बाद की लिखी मेरी डायरियां और कहानियां हैं, गुरुदेव को सादर समर्पित; एक जोड़ी टौप्स, एक सिर पर बांधने का रूमाल और एक जोड़ी सैंडल हैं, कौश बीबी को सप्रेम समर्पत, और एक गुड़िया, एक गुड्डा, छः किताबें तसवीरों वाली और एक डब्बा टॉफी का बहुत-सी मिट्टियों के साथ डौलीरानी के लिए।

चीज़ें एयरमेल से भेज रही हूं, इंश्योर्ड होंगी, सम्हालकर ले लेना।

कौश, मैं तो अब एक नई दुनिया में जा रही हैं, जहां मुझे न जाने कब तक पिछली दुनिया याद न आए, आनी भी नहीं चाहिए—मैं शायद भूल भी जाऊं, परन्तु तुम लोग मुझे न भूलना—अगर तुम लोगों ने भी भुला दिया तो मेरा कुछ खो जाएगा और मेरी आत्मा व्याकुल हो जाएगी।

और देखो कौश, अशेष को कभी भी अपने से अलग न होने देना, तुम्हारे बिना वह टैगोर के 'लौस्ट चाइल्ड'-सा हो जाता है।

अब मैं इस जन्म में भारत नहीं लौटूंगी—इसलिए कि अगले किसी जन्म में मुझे फिर तुम लोगों से मिलने आना ही होगा।

अब किनारा दीखने लगा है, पहली बार कि जहां नाव लगेगी। अब शाख दीखी है, पहली बार कि जिसपर नीड़ बनेगा...

सोचती हूं यदि तुम लोगों का इतना प्यार न मिला होता तो शायद यहां तक न पहुंचती....

यह मेरा अन्तिम पत्र होगा—

मेरे अशेष, मेरी कौश, मेरी डौली, अलविदा !

—तुम्हारी अनु

पुनश्च : जिस पैन से यह पत्र लिखा है, वह भी पार्सल में भेज रही हूं।

—अनु”

तो कभी-कभी ऐसा हो जाता है, कि कुछ कहा नहीं जाता।

◊ ◊ ◊